陋室畅言之歌

吕炳文　著

深圳出版社

图书在版编目（CIP）数据

陋室畅言之歌 / 吕炳文著. -- 深圳：深圳出版社，
2024.3
ISBN 978-7-5507-3960-4

Ⅰ. ①陋… Ⅱ. ①吕… Ⅲ. ①杂文集—中国—当代
Ⅳ. ①I267.1

中国国家版本馆CIP数据核字(2023)第250534号

陋室畅言之歌
LOU SHI CHANG YAN ZHI GE

出 品 人　聂雄前
责任编辑　陈　嫣
责任技编　梁立新
责任校对　岑诗楠
封面设计　龙墨文化 0755-83461000

出版发行　深圳出版社
地　　址　深圳市彩田南路海天综合大厦（518033）
网　　址　www.htph.com.cn
服务电话　0755-83460239（邮购、团购）
设计制作　深圳市龙墨文化传播有限公司（0755-83461000）
印　　刷　深圳市希望印务有限公司
开　　本　787mm×1092mm　1/16
印　　张　13.75
字　　数　100千
版　　次　2024年3月第1版
印　　次　2024年3月第1次
定　　价　38.00元

目　录

一　辑

二 辑

三 辑

一 辑

万岁，拓荒牛精神

拓荒牛是深圳经济特区创办初期创业者精神的象征。为了弘扬拓荒牛精神，深圳市委市政府特意在市委大院前竖立起拓荒牛的青铜雕像，使来到这里的人都受到教育和感染。

正是凭着拓荒牛精神，深圳经济特区才得以在初创时一缺资金、二缺设备、三缺人才的艰难处境中站住脚跟，开创出吸收外资的投资环境，为后来的持续发展打下坚实的根基。

正是由于发扬拓荒牛精神，成千上万的创业者高高举起改革开放的大旗，发扬敢想敢干、艰苦奋斗的作风，在困难的岁月里茁壮成长，创造出一个又一个受世人瞩目的业绩，成为雄伟壮丽的特区新大厦的顶梁柱。

然而，日动星移，随着时光的流逝，在一些人的心目中，拓荒牛精神似乎已经过时了，落后了，跟不上时代发展的脚步了，这其实是一种误解。拓荒牛精神永远不会过时，特别在现阶段还大有发扬光大之必要。

拓荒牛精神的思想内涵十分丰富，外延伸展也十分广阔。

全心全意为社会为人民服务是拓荒牛精神的核心。毛主席说过："'横眉冷对千夫指，俯首甘为孺子牛'应该成为我们的座右铭。"周总理也说："应该像条牛一样努力奋斗，团结一致，为人民服务而死。鲁迅和闻一多，都是我们的榜样。"而这种为社会大众谋福利、做贡献的思想，古往今来都是受到进步人士肯定赞扬的。试想，它又怎么会落后过时呢？

开拓创新是拓荒牛精神的题中要义。要在荒芜的土地上耕耘播种，并使其开花结果，不是举手之劳即能一蹴而就的事，中间必然碰到很多的困难险阻，碰到前人没干过的新事儿，如果没有敢想敢干、开拓创新的思想追求，那就一定会裹足不前，打不开局面，甚至败下阵来，一事无成。反之，则会在荒芜中崛起，孕育生长出一片诱人的绿洲，结出累累的硕果。这是被特区创办以来的无数实践所证明了的。同时，还可以这样说，什么时候开拓创新的步子迈得大一点，那特区的社会经济发展也大一点、快一点，否则，就慢一点、小一点，这同样也是被实践证明了的。而敢想敢干、开拓创新的思想品格，正是拓荒牛精神的重要内涵，或者说正是拓荒牛精神内涵外延所带来的必然结果。那种把拓荒牛精神看作头脑死板，只知埋头干活，而缺乏开拓创新的精神，只不过是一种认识错误罢了。

此外，拓荒牛精神还包含着尽忠职守、艰苦奋斗的思想内涵。牛吃的是草，挤出的是奶。成家立业、开荒建设，促进社会进步发展，没有艰苦奋斗的作风不成。好逸恶劳，只想追求物质享受而不愿付出艰苦劳动的败家子的做法，断然成不了大事，更何谈国家民族的自强自立！

其实，人类的存在有赖于社会的发展，社会的发展又得力于人类的劳动创造。而劳动本身就包含着艰苦性。因为就社会条件和劳动环境来说，今天相对于明天是艰苦的，明天相对于后天又是艰苦的。所以说，艰苦奋斗是人类生活中的一个永恒的课题，是人类劳动的主旋律；只要人类的物质文明没有穷尽，人类的艰苦奋斗就不会停止。反之，一旦艰苦奋斗的精神泯灭了，那人类对美好生活的追求也就停止了。

可见，时下那些认为拓荒牛精神已过时，只知讲派头享受，而不求在劳动事业上艰苦奋斗的"玩派"一族，其思想品格不是显得非常浅薄吗？是否该在他们的心灵上敲一下警钟呢？

万岁，拓荒牛精神！

要改革必须更新观念

　　自从 1984 年 10 月党的十二届三中全会通过《中共中央关于经济体制改革的决定》以来，全国各地掀起了改革的热潮。但没过多久，有些地方的改革失去了势头，甚至处于停滞状态。为什么？其中重要的一方面就在于人们的思想观念未能与开放的形势相适应，仍然受到旧传统的严重束缚，从而在理论与实践的结合上放不开。一句话，人们的精神主体还没有真正解放。因此，要深入改革就必须首先更新观念。

　　强调思想观念的更新对政治、经济体制改革的作用，符合辩证唯物主义充分肯定人的自觉的能动性，强调物质与精神的辩证统一关系。正如毛泽东同志说过的："世间一切事情是要人做的……做就必须先有人根据事实，引出思想、道理、意见，提出计划、方针、政策、战略、战术，方能做得好。"只不过这个主观见之于客观的过程要受到实践的检验罢了。事实上，客观的社会存在不是静态的社会环境，而是人们不断变化发展的社会实践活动。虽然意识（也即思想观念等）在任何时候都只能是被意识到的存在，但它不是社会存在的等价物，而是一种对实践活动的内在把握，并且反过来推动社会存在的变化发展，所以列宁指出，人们的认识不但反映世界，而且创造世界。而强调思想解放和观念更新对政治、经济体制改革的重要性是符合这一精神的。

进行政治体制改革，首要的是必须牢牢确立人民是国家社会的主人的观念。这一观念与我国过去长期封建社会形成的王权思想是水火不相容的。在王权思想的统治下，所谓"溥天之下，莫非王土"，人民创造的社会财富却成为帝王的恩赐，在老百姓中又派生出愚昧落后的依附观念，完全丧失了人自身的主体性，从而严重地阻碍了社会生产力的发展。而政治体制改革最重要的一条是坚持人民当家作主的权利，这就要求人民直接参加国家的管理和对各级行政机关进行监督。而这也就在政治上恢复了人的价值和自觉的主体精神。只有牢固确立这一观念，政治体制改革才会落到实处。

与确立人民的主人翁地位的观念相联系，还必须树立政治民主的意识，否则政治体制改革也定将流于纸上谈兵，不解决实质问题。虽然，民主不是最终目的，但它却是人不断追求美好社会境界的不可缺少的推动力。所以，政治体制改革之其中一点，就是要把束缚人们自由思想的缰绳解脱，建立有利于激发人民的政治热情，树立新的符合时代发展的社会和人生价值观念，不断萌生创造力的机制。观念更新不仅对政治体制改革具有重要意义，而且对经济体制改革也不例外，这里仅以两点来说明。

提倡自由竞争的新观念，是推动经济体制改革的重要一环。经济体制改革的重要一点就是扩大企业的自主权，不断增强企业的活力，这不但表现在"权、责、利"和"产、供、销"方面，而且还表现在投资主体的多元化上。所谓投资主体的多元化，就是要求企业成为投资者，并对投资的效益负责，同时鼓励容许企业利用多种途径实现自身投资创业，既可以利用本企业的留成资金进行投资扩大再生产，也可通过发行股票、债券等集资方式形成横向的股份企业。这就改变了过去在企业的投资上实行由国家统包统配，企业对投资效益漠不关心的弊病。但是，这一切与树立自由竞争的新观念分不开。一方面，只有当人们认识到竞争，实行优胜劣汰是符合社会经济的发展规律时，才能真正鼓励、促进企业发挥投资的积极性，不断更新设备，改进技术，降低成本，提高效益。另一方面，也只有在激烈、复杂的竞争环境中，才能较快、较好地培养出一大批能干的企业家和企业管理人才，推动企业向更高水准发展。由此可见，没有自由竞争的新观念，经济体制改革很难成功。

经济体制改革的目的，说到底就是为了发展商品生产，促使我国的社会生产力更快地发展。既然明确社会主义历史阶段离不开商品生产，那就应围绕如何才能大力发展商品生产这个中心来展开。但是，要发展商品生产，首先得要人们对商品和消费有新的认识，即要从过去长期受封闭式、单一化的低消费观念束缚下解放出来，确立开放式的、多样化、高层次的消费新观念。

诚然，生产与消费始终是互相依存，互相促进的。如果说我们过去实行的基本的产品生产对于一个单一化的低消费的社会还能勉强维持下去的话，那么，随着经济收入的增加，视野的扩展和文化素质的提高，人们也就逐渐抛弃消费生活中落后、愚昧、陈腐的东西，而追求文明、高层次的新型生活方式，这样不仅产品生产适应不了，就是简单的低水平的商品生产也难以满足。唯一正确的出路就是大力发展发达的多样化的商品经济。而要能真正发展发达的多样化的商品经济，也就必然要求其管理体制进行彻底变革。由此，便可以看出确立新的消费观念对于促进经济体制改革之重要性了。

　　总之，不管现时人们对观念更新持什么样的认识和态度，历史都会证明，只有当人们的思想真正从旧传统、旧观念和旧的习惯势力的桎梏中解放出来，跟上急剧变化前进的时代脚步，全面确立新的包括政治的、经济的和社会人际关系的新观念，才能消除对改革的阻力，加快改革的进程，并达到预期的成效，这是确定无疑的。

反贪防腐还要与肃清封建社会的思想遗毒结合起来

改革开放以来，党和国家对肃贪倡廉的工作十分重视，也取得了很大的成绩，但肃贪反腐的形势仍然十分严峻，严重违法乱纪的贪官整肃了一批，但没过多久又萌生出新的一批。人们不禁要问，这到底是怎回事，是何原因引发这种现象？对此采取逃避的态度做法是不可取的。

依笔者之见，造成反贪倡廉形势严峻、工作复杂艰巨的局面，除了受制于市场经济本身产生的负面因素外，与我们一直以来对封建社会的思想遗毒没有进行深入持久地批判清剿也是分不开的。

中国的封建社会经历了两千多年漫长的形成发展过程，从政治思想到文化，逐步建立起一整套与这个社会发展相适应的制度和程式，并经过代代相传，深入人心，影响至今不灭。故而以各个朝代封建帝王为主体的影视剧作不时见诸文化娱乐市场，大有对此心怀艳羡、津津乐道之情；全国各地不少城市的楼盘和商号名称都离不开"帝""皇"，颇有非此则难以招徕顾客之意。尝鼎一脔，其余可知。事实上，崇尚王权的思想与加强民主法治建设在本质上是根本对立的。为了要能加快民主法治建设的步伐，使反腐防贪更有成效，就必须各方面紧密配合，坚持严肃批判，逐步肃清王权思想的毒害。

　　与崇尚王权思想紧密相连的就是特权心态。这种心态在过往的年月，由于经济发展了，日子好过了，人们放松了警惕，致使其在不知不觉中迅速蔓延开来，不但严重地危害了官场作风，催化了不少当官的特权行为，而且也严重地腐蚀着广大民众的头脑。这就是为什么在社会上、在大伙百姓中流传着"有权不用，过期作废"的错误说法的原因所在;"我爸是李刚"就更典型了,这说明在这种特权思想支配下,当官的家属、手下人员到处为非作歹,横行霸道,从而不断制造民愤,产生社会不安定因素。因此,特权思想也是须坚决而逐步肃清的。

还有"官本位"的观念,在社会各阶层依然有长久而深远的影响。封建社会经历长期的分散的自给自足的小农经济发展过程,是产生"官本位"现象的社会经济基础。这样的社会经济基础,一方面使分散的、受束缚的从事个体小农生产的民众都企盼有好官为他们作主,维持好社会秩序,以便保护他们的低水平的生产经营活动;另一方面也相应地影响推动了历代的知识分子热衷于走仕途的道路。所谓"万般皆下品,唯有读书高""书中自有黄金屋,书中自有颜如玉"和光宗耀祖等说教,都离不开一个"官"字,因为只有读书考取功名,当上官儿,这些愿望才能得以实现。简言之,官位决定一切,这就是"官本位"观念的实质。今天,在我国现实的情况是,虽经40多年的改革开放，社会主义市场经济体系也已初步建立起来，但"官本位"的观念不仅未能得到很好的清算和削弱，而且依然存在感十足。比如有些地方的寺院竟出现了什么处级方丈和科级主持等荒诞的事情。自古以来，寺庙尼庵一般都被大众视为与世脱俗、清净无为、安心养性的修行之地，与外界社会的烦嚣纷争是不相干的，如今"官本位"的思想却在不知不觉间侵蚀到清净无为之地，可见其影响之深了。

为此，要使反贪防腐的工作取得更大的实效，并从思想上斩断产生腐败的根源，就必须自上而下，深入广泛地对"官本位"的思想行为进行深入彻底批判，真正消除其对干部和广大民众的恶劣影响。从而使党员和干部真正从心底里牢牢确立公仆的意识和全心全意为人民服务的精神。

与"官本位"紧密相连的还有一个重要问题，那就是严重脱离群众。"从群众中来，到群众中去"的群众路线，不但是我们力量的源泉，也是正确的思想的来源。人类社会的客观实际是非常丰富及复杂的，我们要能正确地认识客观世界，就必须依靠最广大群众的实践和智慧，通过从他们那无穷无尽的创造力中汲取丰富的营养，以制定出治国安邦之策。但"官本位"思想浓厚的人，却反其道而行之。他们当官做老爷，高高在上，官气十足，从而也就同群众隔绝了，同群众思想感情的脉搏不相通了。如此一来，便容易一步步滑向贪腐的深渊。由此可看出，在反贪防腐工作中，认真贯彻执行党的"从群众中来，到群众中去"的群众路线所具有的鲜明的针对性和重大意义了。

伪劣商品应休矣

    伪劣商品屡禁不止，严重地损害了消费者的利益，必须以痛打落水狗的精神，大力围剿。而伪劣商品为何屡禁不止是值得三思的。

    认识上的偏差，是伪劣商品得以存在的根源。有人觉得，制造和销售伪劣商品固然不好，但无关大局，其实不然。鲁迅先生在著名的《论"费厄泼赖"应该缓行》一文中，就力主痛打落水狗。伪劣商品与鲁迅先生当年所说的各种落水狗在坑害人这一点上是相同的。你看："狗是能浮水的，一定仍要爬到岸上，倘不注意，它先就耸身一摇，将水点洒得人们一身一脸，于是夹着尾巴逃走了。但后来性情还是如此。老实人将它的落水认作受洗，以为必已忏悔，不再出而咬人，实在是大错而特错的事。"特别是如果对制造和销售伪劣商品这种丑恶现象不能及时制止，给予狠狠的打击，长此下去，受其祸害的人将越来越多，如此社会人心也就慢慢萌生对现实的不满情绪，对党和政府失去信任，这是危险的。

对伪劣商品的打击，缺少强有力的法律武器也是一个问题。采取行政手段代替不了立法的效力。就算已制定了个别法规，如果不健全配套，或执行起来过轻，往往以罚代刑了事，轻描淡写地罚几个钱，不足以起真正的威慑作用。因为他只要一次推销出一批伪劣商品，其获利除了可弥补罚款外还绰绰有余，这又何乐而不为呢？香港是商品经济高度发达的地方，但对伪劣商品立法管制很严，罚款也很重，因而市场上伪劣商品就很少。这种做法，很值得借鉴。

更有甚者，有些人不但对伪劣商品熟视无睹，消极对待，而且还为其施虐为害大开方便之门。看来，问题的关键的确是我们的一些同志，对制造和销售伪劣商品这个社会祸害，是否能真正严肃对待，能否对其查办坚持手不软，动真格的。

总之，正如鲁迅先生所指出的："假使此后光明和黑暗还不能作彻底的战斗，老实人误将纵恶当作宽容，一味姑息下去，则现在似的混沌状态，是可以无穷无尽的。"所以，必须以痛打落水狗的精神，追根清源，既治标，又治本，以此来扫荡伪劣商品，从而真正确保广大消费者的利益，使社会形象放射出更动人的光彩！

谈治污

改革开放以来，经济建设取得巨大成就，人民生活也得到普遍提高。但遗憾的是，与此同时，不少地方也出现了环境污染问题，威胁着经济进一步发展和百姓身体健康。由此可见，治污是刻不容缓的大事。治理环境污染，是落实科学发展观、建设和谐社会的题中之义。

治理生态环境要取得真正的成效，就要坚持以下四点：一要上下同心，思想统一，步调一致；二要做好规划，分步实施，稳扎稳打；三要坚持不懈，树立长期作战观念，不厌战；四要深入实际，掌握实情，对症下药。

深圳市治理布吉河污染就体现了上述四点。过去的布吉河，河床坑坑洼洼，水草、污泥和垃圾成堆，流经的地方散发出阵阵恶臭，污染周围的空气和环境，危害居民的身心健康。一直被大家当作罗湖区的烂疮疤。

自 20 世纪 90 年代初起，市政府就对这一问题十分重视，还请求调来驻地部队一同清理。一时间，挥铲挖泥、人扛车拉，日夜不停，场面火热。清除了杂物，整平了河床，水流也变得顺畅了，但河中的臭味并未消除，污染没有得到彻底治理。这就显示出，要想彻底治污，还必须从治"本"中发力。

那么，治理布吉河的"本"是什么呢？就是治理其沿岸一些企业生产污水的排放。这个问题不解决，布吉河就不能彻底治污。明确这点后，治理布吉河的攻坚战便逐步展开了。首先，继续对河"动外科手术"，把两岸边的杂草小树、杂物清除，把河床进一步铲平，尽量拉直，再用水泥板筑好。然后，通过密察暗访，掌握沿河有哪些生产企业违反规定向河里排放污水，再依法整肃，堵死污染源头。完成以上几项工作后，还有一个问题：沿岸生产企业污水的排放去向。这就需要投资兴建污水处理厂和排污管道网。有先进的科学技术的强大支撑，再大的问题也能迎刃而解。

榜样的力量是无穷的，深圳能做到的事情，全国其他地方也同样能做到，哪怕投入的人力物力资金少一点，时间的跨度长一点。只要大家团结一心、上下配合，劲向一处使、步往目标迈，那彻底治理生态环境的污染、造福全民及子孙后代的目标就一定能实现。到那时，从南到北，从东到西，中华民族必将充满勃勃生机，神州大地也将无处不繁荣！

说说与旅游有关的事

　　不论地域民族，自古以来，就有人喜欢出门旅游，由近及远，由易而难，最后发展到远涉重洋，寻找新大陆、新星球。这恐怕是人性使然。那么，旅游这件事到底有何好处，其意义又何在呢？我想它的首要好处是能使人愉悦身心，保持心境的平和，从而有助身体健康。试想，一个人长久身处同一家宅、同一环境，不免自然会生出郁闷的心性，如若得不到缓解，日积月累，就会引发身体生病，影响精神。面对此情况，如能及时到外面走走看看，改变一下环境，放宽心态，精神情绪也将随之改变，重新焕发出光彩。

　　旅游的另一好处，是能使游者增广见闻，拓宽知识视野，提高文化素质，有助于人们了解各国、各地区、各民族的风土人情，增长知识，拓宽眼界。一个人，若总不与外界接触，不免会成为井底之蛙，坐井观天，不知世事。反之，如能到各地走走，尽情观光游览，当会收益良多，特别是通过对自然山水的欣赏，获得熏陶和享受。这对于一个人良好气质的形成和事业的成功都是大有裨益的。

对外界自然美的欣赏，可以激发人们对美的热爱和追求。古今中外许多卓有成就的文学家、史学家、地理学家和科学家，他们所成就的伟业，几乎都与名山大川结下不解之缘。《史记》这部具有历史和文学的巨大价值的不朽著作的产生，与太史公游遍天下，周览四海名山大川，与豪俊交游有很大关系，故其为文疏荡，颇有奇气。而像李白、苏轼等著名诗人的杰作，往往上天入地，揽今怀古，充溢着开阔的胸怀、豪迈的感情和奇特的想象力，也与他们走南闯北遍游各地分不开。人们对美的向往不是与生俱来的，而是不断实践的产物，是美的环境熏陶的结果。自然美的景象，能净化人们的心灵，孕育高尚的气质，促使人们对美的事物的追求，提高审美能力。

　　还有一些带有探险性质的旅游，虽不适于大众，但能锻炼人的意志和胆量。明代徐弘祖写出《徐霞客游记》这部集自然审美与学术价值于一炉的重要水文地理科学著作；达尔文创立划时代的进化论学说，都受益于此。达尔文乘坐贝格尔舰五年绕了地球整整一圈，他在自传中写道："贝格尔舰的航行，在我一生中是极其重要的一件事，它决定了我的整个事业。""根据我的观点看来，再也没有什么事情比长途旅行更能够使青年自然科学家得到进步的了。"不过，参加这种旅游活动的人员，必须有相关的专业知识，事前尤须做好充分准备，绝不应心血来潮，一时冲动就去，而必须三思而后动。而旅游虽是个人行为，但并不能只顾个人，为所欲为。事实上，任何国家和旅游区，都制定有旅游法规或条例，每个游客都应遵守。乱丢垃圾、乱吐痰，或在景区的景物上乱涂乱画等行为，不但不文明，还要受到法律法规的惩罚。

我们中华大地拥有无比丰厚的旅游资源，其散发出的自然光彩和深邃强大的影响力，是世界各国无可比拟的。地大物博，山川奇秀，各种地形地貌风姿各异，各民族风土人情异彩纷呈，文物古迹也不计其数，许多红色革命纪念地更为突出。沐浴燕赵雄风的华北大地；贺兰山片区的塞上明珠；天苍苍，野茫茫，广阔无垠的大草原；被联合国教科文组织列入《世界遗产名录》的徽州古代民居村落的江淮腹地；井冈山、瑞金等红色圣地；林林总总，不胜罗列。即以笔者所在的广东省而言，粤北集中了世界上发育最典型、类型最齐全、风景最优美的丹霞地貌；现代大都市广州城内竟存在距今已有2100多年历史的南越国第二代国王赵眜的宏大墓葬，堪称"南岭奇葩"。旅游中对大千自然美的亲身感受，也能激发人们的爱国主义情感，中华河山的美，国家民族的伟大，不再是抽象的，而是具体的；不再是虚的，而是实的了。这正是古人所云"不登高山，不知天之高也；不临深溪，不知地之厚也"的道理。

随着经济全球化的推动，跨国旅游也逐渐兴旺起来，近几年来，大批国人出外旅游。但有些人既不感兴趣异域的山川风貌，也不在乎著名的文化古迹，而流连于街市，醉心于购物，不免引起外人侧目，贬称其为"购物狂魔"；有些人则喜欢专门踏足一些偏远小岛、山岩和海滩，出事后都需国内驻外使领馆出面解救，成了麻烦制造者。其实，世界各国出国旅游的风气并不像我国那么突出。就是经济发达的欧美，每年出国游人数比例也不高，多为富人中产。大多数民众很难有出国旅游的机会，对别国的真实情况了解很少，特别是有关我国近几十年来社会经济以及教育文化大发展的状况，都压根不知晓，对中国民众的认识也还停留在中华人民共和国成立前的面貌或西方主流媒体大量的歪曲不实的报道上，从而造成了很多误解。那么，我们在发展出国旅游这件事上，步伐是否迈得过大过快了呢？做任何事，都需循序渐进，不可操之过急。咱们国家的旅游资源十分丰富，在现阶段的条件下，比之一窝蜂的出国游，是不是以国内游为主更好呢？这只是笔者的一己之见，写在这里，也算是这篇谈旅游的小文的结尾吧。

中小学校外培训班浅议

围绕中小学校举办的各种辅导和补习的培训班，名目繁多，给不少家庭带来了巨大的资金负担，也给孩子造成不小的压力。

孩子上学考试是人生必经之事，世界各国各民族皆同。就我国而言，科举作为古代的考试制度，始于封建社会中期，是统治者为了培养和选拔治国人才制定的选拔方式，长年累月，深入人心，在民间还流传起"万般皆下品，唯有读书高""书中自有黄金屋，书中自有颜如玉"等说法，影响久远。但科举考试只涉及所谓"读书人"，对广大民众生活的影响并不算很大，不像当下高考使得全民兴师动众，全力应对，被认为是头等大事，时刻牵动着家长的心，这是值得深思的。

然而，对考试的重视并不必然带来培训班的泛滥。毕竟前者行之有年，后者近年来才日益流行。这或许与各种国际竞赛有关，如国际奥林匹克数学竞赛，我国代表团成绩一向优异，未免给当时所谓大力培养尖子的教育主张添上一把火，在全国各地特别是沿海经济发达地区，针对中小学的辅导班和补习班便犹如雨后春笋般地纷纷冒了出来，很快便形成势不可挡之势。社会上还流传着一些蛊惑人心的口号，如"不能让自家的孩子输在初升高和高考的起跑线上"。不少家长便被这个口号迷惑，失去了理性，开始盲目推动自家孩子参加各种培训班。但这种不顾教育规律的做法，对孩子的学习能力并无好处，往往还会起到反作用，也容易造成亲子关系的紧张，唯一获大利的只有培训班。有些从业者几年内就收益颇丰，买房置业，这也是培训班一度难以禁绝的原因吧。

与此同时，盲目推行重点学校和重点班级的做法，也造成了培训班层出不穷。不少学校对"重点"的看法颇为狭隘，唯以成绩为上，孩子为了进入这样的"重点学校"，也就要通过培训班恶补成绩了。因此，为了这种急功近利的目标，制定的课业不仅数量过多，而且难度过高，完全脱离实际。这既造成了学生们巨大的心理压力，还影响了他们的身体健康。作业时间太长，要想做做其他活动，放松一下也都很难，久而久之身体素质便要下降，我国儿童和青少年居高不下的近视率就是明证。这与党和国家一直以来贯彻执行的"德、智、体、美、劳全面发展"的教育方针和思想是相违背的。同时，这种重点学校往往还会极大地推高周边的房价，造成价格畸高的"学区房"。家长对所谓学区房的孜孜以求，劳民伤财不说，还破坏了教育公平，拉大了贫富差距，扰乱了人们的平静生活，若不加以改变，后患必将无穷。

因此，教育部推出"双减"政策，旨在有效减轻义务教育阶段学生过重的作业负担和校外培训负担，对各种培训班限制其规模，缩减其课时。希望这一政策能够得到切实执行，终结各种不合规培训班带来的乱象。

从看电视所想到的

退休后除了坚持写点东西，我闲暇时也会打开电视机看看电视，不过除了新闻类比较可看外，不少影视剧都令人有失望之感。

第一是题材狭窄雷同。东西南北中，地域、环境和民风各有不同；人口 14 亿，老中青每天所做所想又纷呈各异。社会生活本应丰富多彩，但这些在荧幕所见不多。看到的一而再、再而三的所谓抗日神剧，不仅主题相同，故事情节展开方式相近，人们性格相似，对敌斗争手段也显程式化，很多细节虚假，不合乎生活斗争逻辑，令人厌烦，不仅起不到鼓舞人心、增强爱国情怀的作用，也无甚娱乐性可言。这都是胡编乱造，一切向钱看带来的恶果。

第二是近年来一些所谓"小鲜肉"和"小仙女"担当主演的剧集。这些剧集所反映表现的内容多显虚假，是靠主观想象东拼西凑而成的玩意儿，与真实的社会现实完全脱节，看不出有啥社会和思想意义。加之参演者大多演技呆板、程式化，严重缺乏个性魅力，整部剧播完都没能给广大观众留下半点印象。这表明，整部戏是失败的。

之所以造成这种局面，从编剧人员和导演来说，主要是他们对当今的社会现实，认识、体会得不深不透，只停留在生活的表面上，而对生活在这大千世界的各种人物，未能从外到内深入细致了解和真正把握，塑造出来的人物性格也就流于一般化而毫无个性可言。至于那些"小鲜肉"和"小仙女"，只靠出众的长相来吸引观众，却不愿狠下功夫提高演技，这样剧作水平不高，也就不难理解了。

此外，有些演艺协会成了装点门面的摆设，不认真研究探讨本行业的工作，更缺失对参会人员的职业道德和所从事工作的严格要求，完全放弃了所应具有的职责和义务。这就是每年都有一批从内容到形式都堪称烂剧的剧集能有机会进行拍摄并堂而皇之地上映播放的原因，这给观众带来一些思想和情感上的消极影响，也引起不少网民的强烈不满和批评。如"该剧足以让人看到崩溃。故事剧情乱七八糟，台词给人无病呻吟的感觉。最受不了的是人物形象设计，真的不是用'丑'字就能形容的，个个都是奇葩""这是超级辣眼睛的电视剧，剧情幼稚到足以令人看到崩溃，辣眼睛指数爆表。此剧集烂到可谓出类拔萃"之类。

我们党不管何时对意识形态和宣传文化工作都是十分重视的，从建国领袖毛泽东主席到习近平总书记，对搞好意识形态和宣传文化工作的重大意义，都有过很多精辟的论述。同时，自中华人民共和国成立以来，我国一直存在有文化出版和影视剧制作上映的报批审查制度，如果各级有关管理部门能真正严格执法审查，整肃得过且过、推诿失责不作为的恶劣作风，同时下功夫对演艺界进行大力整顿培训，把所有歪风邪气狠狠地打下去，那么，上述局面一定会得到改善。这样咱们的红色江山才不会变色，整个国家也才能真正繁荣昌盛，也才能真正实现中华民族的伟大复兴！

赞歌献给举世无双的脱贫事业

　　21世纪20年代初，在广袤的神州大地上，不断传出各地脱贫决胜攻坚战取得胜利的大好消息，听后不禁使人心潮澎湃，彻夜难眠。中国大地将全面建成小康社会，实现我们党制订的第一个百年奋斗目标。千百年来一直困扰着我们中华民族的绝对贫困问题，即将获得基本解决。这无疑是一件值得大书特书、无限赞颂、永载人类史册的光辉不灭的大事。

　　赞颂脱贫事业，是赞颂这一事业的举世无双和功德无量。据权威性资料统计，自改革开放40多年来，我国已有8亿多人口实现脱贫，占全球范围内脱贫人口的70%以上。党的十八大以来，全国贫困人口由

9899 万人减少到 600 多万人，持续 7 年每年减贫规模都在 1000 多万人，脱贫攻坚力度之大，规模之广，成效之显著，都是世所罕见的。

中华人民共和国成立前我国广大农村地区破落颓败的真实面貌，穷人那苦不堪言的日子，是当今在城市里生活的不少人所不知道或压根就不想了解的。虽然自 1949 年中华人民共和国成立后，广大农村地区的状况发生了不少的发展变化，农民的生活水平也得到一些改善提高，但客观上还是远落后于世界上一些经济发达国家和地区。这与我们党"为中国人民谋幸福，为中华民族谋复兴"的初心，仍存在较大差距。为此，从 1978 年党的十一届三中全会开始，我们党就下定决心以经济建设为中心，实行改革开放的战略。与此同时，从南到北，从东到西，打响了一个又一个的脱贫战役。经过 40 多年不屈不挠的顽强奋战，终于赢得了上面提到的光辉战果，让亿万人民摆脱了贫困，过上了小康的幸福生活。

赞颂脱贫事业，是赞颂这一事业焕发的伟力和不怕困难、团结奋斗的精神。正是靠着这种压不垮、推不倒的宏大力量，才能克服一个个困难险阻，实现脱贫的目标。

原先生活在贫困线下的人民群众，大都处于穷山恶水，生存环境十分恶劣。长年累月忍受着生活的痛苦，使他们产生了听天由命的消极思想，自认为无力改变命运。这说明扶贫第一得先扶志，要花大力量做深入细致的思想工作，力求帮助他们逐步改变原有观念，振奋起来，确立改变落后面貌的决心和勇气。换言之，使万千扶贫对象们从心底里明白："樱桃好吃树难栽，不下苦功花不开。幸福不会从天降，社会主义等不来。"幸福生活是靠奋斗出来的，脱贫攻坚奔小康是亿万人民自己的事业，也终究要靠广大群众的辛勤奋斗和创造实干才能实现的。贫穷不是宿命，只有自强不息，自立不馁，摒弃"等、靠、要"的思想，才能依靠自己的双手，创造美好的生活，改变自己的命运。当千万个脱贫对象提高觉悟，激发出以自力更生、艰苦奋斗来改变贫穷面貌的勇气和力量，积极投身到脱贫攻坚的洪流中，就会在广大农村地区中催生集结出一种势不可挡、改天换地、旧貌变新颜的伟大力量。正是这一股股伟力，在各地驻村脱贫工作队的规划指引下，于脱贫攻坚之路上，结出了一个又一个甜美的果实，弹奏出一曲又一曲昂扬激荡、感人肺腑的乐章。

赞颂脱贫事业，是赞颂这一事业中饱含的中国共产党人无私奉献、忘我牺牲的责任担当。我们党自创立之日起，就自觉自愿地把不断改变国家的命运，为人民大众谋幸福，为中华民族谋复兴作为自己的历史使命，不惜抛头颅，洒热血，前赴后继地为之奋斗。20 世纪 80 年代初，在神州大地就开始大规模建设社会主义新农村，展开使亿万贫苦农民摆脱贫困束缚的脱贫事业。党的十八大以来，在以习近平同志为核心的党中央坚强领导指挥下，全国脱贫事业的气势更浩大，各地投入的力量和资源也更充沛。据不完全统计，全国有 280 多万扶贫干部奔赴战场，700 多名扶贫干部倒在冲锋路上，用生命践行党旗下的誓言。这中间有大学教授、县领导，也有乡镇负责人、驻村第一书记、大学生村官、乡村医生、退伍老兵。他们肩上都闪耀着沉甸甸的责任担当，无不以自己的青春、热血，铸就了新时代共产党人的责任丰碑。

比如广州市的"扶贫状元"陈开枝，自 2005 年从领导岗位上退休后，他已奔赴广西百色市这块红色老区 109 次。陡峭的大山，崎岖的小路，他的身影和足迹遍布每一个村寨，在扶贫战线上奋战了 14 个年头。他提出扶贫工作要做到五要：认识要高、感情要深、路子要对、措施要硬、作风要实。他助力易地搬迁，圆了 8000 户深山农民的安居梦；他引进 20 多家企业投资兴业，帮助 4 万多名移民实现乐业梦；他动员社会筹集资金 3 亿多元，帮助 8 万多名儿童青年重返校园……这位身材魁伟、慈眉善目的老人早已把百色当作自己的第二故乡，生命不息，扶贫不止。

扶贫队长陈镇松，连续 7 年驻村，从心底里爱上脱贫事业，痛下苦功夫，相继让汕尾市两个贫困村蜕变，被当地人称为"善美扶贫人"，更被评为广东省扶贫工作先进个人。拿他自己的话说："扶贫生涯虽然比较枯燥，但看着村里的变化，看到村民们的笑容，我觉得虽辛苦，但是值得的。"

这样的先进事例不胜枚举。广西扶贫干部黄文秀，主动请缨回到家乡，投身脱贫攻坚第一线，30岁的年轻生命永远定格在了扶贫路上。贵州大山里的老支书黄大发不畏艰辛，兑现"水过不去，拿命来铺"的誓言，带领群众终于抹去了祖祖辈辈"一年四季苞谷沙，过年才有米汤喝"的饥饿记忆。硬是不听单位同事和家里亲人的反对，毅然决然地冲进扶贫事业中去的扶贫干部陈文涛，从2016年起，始终尽心尽力地投入到艰苦的工作里，通过深入细致地走访调查和反复地发动组织，终于把长年生活于贫困状态的群众的积极性调动起来，投入到挖穷根、改面貌的战斗中，经过短短的几年时间，便把原来贫穷落后的汕尾华侨管理区八社区建设改造成为一个欣欣向荣的新侨乡……

赞颂脱贫事业，是赞颂这一事业所孕育出的精准性和创造力。脱贫攻坚战不仅声势大，动员广，干劲足，还需精准科学，务实笃行，是一场精益求精的重大战役。这表现在以下几个方面：

一是精准。在脱贫工作中闯出新路，就必须区别各地不同情况，因地施策。比如贵州毕节的贫困地区，具有独特的气候和自然条件，适合开发大规模蔬菜种植和交易，如果能与珠三角、粤港澳大湾区各市的菜篮子计划对接起来，可谓相得益彰。看准了这一点，广州市便立马决定在毕节开展菜篮子工程建设，经过一年多时间，11个菜篮子工程基地相继建成，累计销售各种蔬菜农产品20多万吨，销售收入近18亿元，带动12余万贫困人口增收脱贫。

二是精心。在扶贫工作过程中，很多工作队都认识到扶贫事业不仅要短期见效，更需长期巩固。为此，就要有针对性地搞"产业脱贫"。本地有资源条件的，可发动组织当地群众集资兴办企业带动贫困户脱贫；若缺乏条件的，便到大城市调查寻找适合到农村投资办厂开发的企业。比如广州花都区扶贫干部祝武峰带领工作队到贵州织金县后，精心引进广东企业到当地建"四脱"产业助该县脱贫，成为当地广为流传的佳话。

三是精细。这要求扶贫工作凡事从小处着手，做到善作善成，一切以解决实际问题为准则。比如深圳有些扶贫工作队以建设扶贫车间为抓手，送订单到村，送就业到户，送技能到人，牵手当地吸纳近几千名贫困对象在家门口就业，使其走上了真正脱贫之路。

赞颂脱贫事业，是赞颂这一事业始终闪耀着一步一个脚印、韧性而持久的光芒。带领 8 亿多联合国划定的贫困线下的人口脱贫，无疑是一项艰巨又宏大的工程，非短期可以完成，必定要经无数人长年不避艰险、坚持奋战，才得以赢取目标的实现。面对这种严峻局面，必须要求参战的人员牢固树立持久战的信念和不断养成踏实苦干的意志，一步一个脚印地去做。而经过 40 多年实践，我国进行的脱贫事业的成功，不正是这种思想信念和意志的伟大胜利吗？

有感于重倡党的斗争本色

斗争精神是党的本色和优良传统，从创立之日起，我们党就是靠坚持和发扬这斗争精神，始终排除了无数的艰难险阻，挽救了一次又一次的危局，才能一天天从小到大，从弱到强，终于取得了抗日战争和解放战争的伟大胜利，建立了真正的人民当家作主的国家。中华人民共和国成立之初，面对千疮百孔、满目疮痍的现状，在外部遭到严密封锁围堵乃至侵略的极其严重的情势下，我们党和全国人民再一次高举起坚决斗争的大旗，以不屈不挠、不怕牺牲、奋战到底的英雄气概，进行了气壮山河、可歌可泣的抗美援朝战争并终于取得了伟大胜利，从而赢取了往后几十年的和平环境。

我们党的斗争本色，是从马克思主义继承和发展而来的，马克思主义的奠基人马克思和恩格斯两人所著的《共产党宣言》中，到处洋溢着斗争的精神，如"共产党人不屑于隐瞒自己的观点和意图。他们公开宣布：他们的目的只有用暴力推翻全部现存的社会制度才能达到。让统治阶级在共产主义革命面前发抖吧。无产者在这个革命中失去的只是锁链。他们获得的将是整个世界""共产主义革命就是同传统的所有制关系实行最彻底的决裂；毫不奇怪，它在自己的发展进程中要同传统的观念实行最彻底的决裂"。我们在习近平同志代表党中央提出的"不忘初心"的思想理论指导下，不能忘记马克思主义，而马克思主义充盈着的最终实现共产主义的理想和斗争精神更不能丢。

改革开放以来，我们国家在党的坚强领导下，经过全国人民的共同团结奋斗，不论在政治、经济、文化建设和社会治理上，还是在不断提高人民生活水平，满足广大群众对美好生活的强烈追求上，都取得了空前壮美的成就，迈上了一个又一个崭新的台阶，真正实现了中国人民和中华民族从站起来、富起来到强起来的伟大历史转变。但时序进入21世纪，我们又要面对新的百年未有之大变局。在国际上，以美国为首的西方反动势力，通过大肆造谣、颠倒是非黑白、嫁祸于人，或者利用、派遣间谍人员深入别国，制造"颜色革命"，颠覆别国政权，以求实现其世界霸权的罪恶目的，不惜动用一切力量，运用形形色色的阴谋诡计来打击、压制和阻挠我们国家的壮大和发展。面对这一股股扑面而来的逆流，如果我们不起来进行坚决斗争，那后果将不堪设想。毛泽东同志早就宣告过："打得一拳开，免得百拳来。"又说："人不犯我，我不犯人；人若犯我，我必犯人。"这种极其鲜明的斗争精神风格，很值得后人发扬光大。

在国内，自实行改革开放的国策以来，在执行两手抓的过程中，我们党和政府在经济建设，不断坚持改革，发展生产力，改善人民生活方面，始终都坚强有力，毫不放松；另一方面党在建设和治理社会等方面，某些时刻却有所放松警惕，从而使部分党员干部和群众，思想上逐步迷失了方向，并产生形形色色的负面现象。如此一来，改革开放的大政方针的执行和各级党组织的坚强战斗力便无形中受到削弱，人民利益受到损害，也破坏了社会的和谐稳定。最后更进一步影响了"两个一百年"奋斗目标和中华民族伟大复兴的中国梦的胜利实现。

正是在这种国内外形势下，以习近平同志为核心的党中央，毅然决然地向全党和全国人民发出坚持和发扬党的斗争本色和斗争传统的重大号召，以顽强的斗争精神破除各种体制机制障碍，逐步实现更完美的社会主义制度建设；同时勇对各种重大挑战，抗击各方面的重大风险，解决各种重大矛盾，不断推进一个接一个的宏大事业，最终站上不败之地，实现中华民族伟大复兴的梦想。对此，是决不能有半点含糊的。

"不忘初心"其义非凡

习近平总书记对我们党 9000 多万党员提出："不忘初心。"那么，我们中国共产党的初心是什么呢？这就有必要简单地回顾一下党成立的历史。

20 世纪 20 年代初，在党的酝酿成立过程中，李大钊和陈独秀等共产主义先驱，在马克思主义特别是《共产党宣言》和俄国十月社会主义革命成功的影响指导下，提出在当时中国的政治和社会现实环境下，要进行革命就必须要建立无产阶级政党，并决定于 1921 年 7 月召开中国共产党第一次全国代表大会，宣布党的正式成立和党的纲领是"以无产阶级革命军队推翻资产阶级"，"采用无产阶级专政，以达到阶级斗争的目的——消灭阶级"，"废除资本私有制"。这表明，我们中国共产党从建党一开始就旗帜鲜明地把社会主义和共产主义规定为自己的奋斗目标。换句话说，中国共产党的初心就是：通过用不断革命的手段，彻底打倒压在中国人民头上的帝国主义、封建主义和官僚资本主义三座大山，使人民获得解放，真正站起来成为国家的主人。然后在此基础上，共产党全心全意为中国人民谋幸福，为中华民族谋复兴。

由此初心，我们党也就孕育生发出对马克思主义的科学信仰和对共产主义理想的不断追求的强烈使命感。在战争年代，无数的共产党员正是在这种信仰和使命感的驱动下，才能在空前的艰苦卓绝的环境中，始终高举革命的鲜红旗帜不怕牺牲、前赴后继、不屈不挠地坚持战斗，终于取得新民主主义革命的伟大胜利，建立熠熠生辉的新中国，放射出中国共产党人初心本色的炫目光彩。

是的，"不忘初心，牢记使命"，始终是我们党对广大党员的庄严要求，中华人民共和国成立前夕，我们党在河北西柏坡村召开了七届二中全会。这是一次制定夺取全国胜利和胜利后的各项方针政策的极其重要的决策性会议。正是在这次会议的报告中，党中央第一代的领导核心毛泽东同志向全党发出庄严的号召："争取全国胜利，这只是万里长征走完了第一步。"革命以后的路程更长，工作更伟大、更艰苦。所以，他告诫全党："务必使同志们继续地保持谦虚、谨慎、不骄、不躁的作风，务必使同志们继续地保持艰苦奋斗的作风。"同时发出，"我们不但善于破坏一个旧世界，我们还将善于建设一个新世界"的不朽誓言。

随后，在党中央离开西柏坡，进驻北平的路上，毛泽东同志又对周恩来等战友把这比喻为"进京赶考"，并表示：我们进北平，可不是李自成进北平，他们进了北平就变了。我们共产党人进北平，是要继续革命，建设社会主义，直到实现共产主义。所有这些，无疑也就向世人昭告了我们中国共产党人不忘初心、牢记使命的坚强决心和定力。

时序在更替，历史在发展变化，当世界进入 21

世纪，我们党的中央领导集体也已更新到第五代，我们这个作为建党近百年的大党，面对着当今世界正经历百年未有之大变局，正要带领人民进行具有许多新的历史特点的伟大斗争，书写中华民族千秋伟业，这就要求我们党必须始终得到广大人民的衷心拥护和支持。正是在这样新的历史形势环境下，习近平总书记代表党中央又一次庄严地向全党每一个党员发出"不忘初心，牢记使命"的光辉号召和要求，"坚决清除一切弱化党的先进性、损害党的纯洁性的因素，坚决割除一切滋生在党的肌体上的毒瘤，坚决防范一切违背初心和使命，动摇党的根基的危险"。习近平同志说得好：忘记初心和使命，我们党就会改变性质、改变颜色，就会失去人民、失去未来。这就充分表明，不忘初心，其义非凡的根本所在。

自然，党的初心和使命是党的性质宗旨、理想信念和奋斗目标的集中体现，两者是紧密相连的统一体。

这就是说，一个共产党员如果对党的初心不知、不懂或不理解，那他就必然会失去前进奋斗的方向，在落实履行自己的使命时也缺乏原动力和持久性；同样的，如果一个党员对党的初心只安于表面的夸夸其谈，却从不去实践，凡事不作为，不担当，如此下去，不但成了空谈家，而且还会贻误大事。这种情况，都是极不可取的。正确的做法应要以党的创新理论滋养初心，引领使命；从党的非凡历史中找寻初心，激励使命；在严肃党内生活中锤炼初心，体悟使命，把初心和使命变成锐意进取、开拓创新的精气神和埋头苦干、真抓实干的原动力。真正做到初心如磐，使命在肩。

再从深一点看，习近平总书记向全党提出"不忘初心，牢记使命"的要求，其针对性也是极为鲜明的，为在党内把反腐败的斗争进行到底提供了极为强大的思想武器。

我们国家自从实行改革开放和市场经济决策以来，无论是经济建设还是社会建设方面，都取得了突飞猛进的成就，经过短短的30多年的时间，我国成为世界的第二大经济体，对世界发展的贡献率达到

30% 以上；科学技术更是捷报频传，一个接一个地获得新突破，跃上新的台阶，从而使国民大众深受鼓舞。但在党的自身建设上，却有不同程度的放松，突出表现就是少数党员干部腐败堕落。虽然这种现象不占主流，但也严重地侵蚀了党的肌体，并在党内和广大人民群众中产生十分严重的恶劣影响。所以，反腐防变至今仍然是摆在全党面前的一件大事，决不能放松警惕。不过也可以相信，全党在以习近平同志为核心的党中央的坚强领导下，经过这次全党范围开展的"不忘初心，牢记使命"主题教育学习后，思想觉悟和政治认识必将得到提高，在此基础上，再与专门为"不忘初心，牢记使命"建立的制度相结合，严肃认真地加以贯彻落实，那党的面貌也自然相应地出现新的变化，领导力和战斗力也更强大了，可以用"赶考"的心态向广大人民交出一份满意的答卷。

谨防两面人

何为两面人？据我多年的观察和所见所闻，所谓两面人是指那种：口如蜜，腹如剑；当面是人，背后是鬼；面善嘴也善，心藏三支箭；当面笑呵呵，翻脸谋逆多等等之人。那这种人往往见人说人话，见鬼说鬼话；翻手为云，覆手为雨；当面喊哥哥，腰侧掏家伙；豆腐嘴，刀子心，口善心恶。俗语所形容的，"不怕虎狼当面坐，只怕人后两面刀"就是这种两面人的两面派作风的真实写照。

一般来说，两面人都是些道德沦丧的野心家和阴谋家，是不折不扣的个人利益至上的人。两面人一旦处于领导岗位，就会带给社会和国家极大的危害，在平日的工作和生活中，把那些不可告人的罪恶目的千方百计地掩藏起来，把自己的言行举止装扮成党和国家政策的积极贯彻执行者，以此来迷惑其他同事和群众。对此我们不能掉以轻心，必须提高警觉，努力学会与两面人作斗争的本领和方法。

狡猾是两面人共有的一种见不得人的特性。由这种特性所支配，他们会有五花八门的骗人手段。注重掩饰是两面人特别是官场中的两面人的一个鲜明特质。比如有些在领导身边工作的两面人，为了不断向上爬，一开始便十分注意观察上司的特点和喜好，投其所好获取其好感和信任，达成自己被提拔升官的目的。这一过程不显山露水，一旦成功，他就会显出另一副官威的面孔来对人处世，大有让人情何以堪之感慨。另有一些犯有严重贪腐罪行的官场两面人，他们所受贿贪腐的金钱财物数字已属巨大，却打扮得与普通的干部群众没什么不同，住的是公家分配的住房，吃的也没啥特殊，也从不踏足高级的楼堂馆所，衣着更为俭朴。总之，这类两面人出事前其贪腐的本性都被巧妙地掩藏起来，直到被揭发遭组织审查定性公布后，才使同事和周围人大吃一惊，不得不重新审视他们的德行和本性。这不啻又为无数的善良人狠狠地上了人生的一课。

应该看到，在风云变幻的当今时代，与两面人的斗争更为尖锐复杂，少数的党员干部，完全忘记了入党的初心和誓言，最终跌入了贪腐的犯罪深渊；社会上也有不少人"钱字当头"，整天在只为个人发财致富的道上打转转。面对这严峻局面，必须高举不忘初心的旗帜，以共产党员的崇高信仰武装头脑，以马克思主义思想为武器，在制定执行完善的党内法规的同时，大力开展加强道德品质的教育。这正如我国古代一些哲人所说的"道德当身，故不以物惑"（《管子·戒》）；"平易恬淡；则忧患不能入，邪气不能袭，故其德全而神不亏"（《庄子·刻意》）；又说"德之不修，学之不讲，闻义不能徙，不善不能改，是吾忧也"（《论语·述而》）；所以"才者，德之资也；德者，才之帅也"（司马光《资治通鉴》）。

同样的，在西方，也有不少的名人学者和哲学家十分强调胸怀美好道德的重大意义。比如俄国普列汉诺夫就说："实际上，道德的基础不是对个人幸福的追求，而是对整体的幸福，即对部落、民族、阶级、人类的幸福的追求。这种愿望和利己主义毫无共同之点"；被誉为"美国的完人"和"人道与理性的化身"，还是美国具有伟大历史意义的《独立宣言》的主要起草、修改人富兰克林对人的道德也十分看重，为此他公开地向国民提出十三条道德准则，其中就有"忠诚老实，不要说有害于人的谎话，要表里一致；慎言谨行，要使你的言行符合每一条道德标准"。特别可贵的是，他还谆谆告诫人们："不要出卖道德去买财富，也不要出卖自由去买权力。"

　　此外，还有人始终不忘对青年一代进行道德教育，比如德国著名音乐家贝多芬就指出过："把'德性'教给孩子们，让他们懂得使人幸福的是德性而不是金钱，这是我的经验之谈。在患难中支持我的是道德，使我不曾自杀的除了艺术之外，就是道德。"（《贝多芬传》）

又如德国著名教育家赫尔巴特也认为："道德普遍地被认为是人类的最高目的，因此也是教育的最高目的。"

所有这些，在我看来，毋庸置疑，良好品格是人生的最高表现。好的品性不仅是社会的良心，而且是国家治理的原动力，更为广大民众的生命之泉，是一刻也不应更不能丢弃的。所谓悬崖勒马，犹未晚也。对于那些双脚已经跨上或正要跨上贪腐路上的双面人来说，难道还不该幡然悔悟，迷途知返，反而要坚持一条邪路走到黑吗？

"以人民为中心"思想之我见

　　近年来，我时常发现社区办事机构的门前挂着"以人民为中心"的牌匾，不由心灵为之触动。是的，"以人民为中心"的思想，是我们中共中央总书记习近平同志于 2013 年首次提出来的，经过各级党政人员多年来的大力认真贯彻落实，这一思想已深入党心和人心，真正成为一种有形或无形的强大力量。

　　"以人民为中心"是我们党长期坚持的"全心全意为人民服务"的历史精神的赓续和发展。毛泽东同志在七大代表中央所作的《论联合政府》这一重要报告中，就庄严地强调："紧紧地和中国人民站在一起，全心全意地为中国人民服务，就是这个军队的唯一宗旨。"与此同时，党的七大更把"为人民服务"写入党章，从制度上规定了共产党人的历史责任和使命。之后的解放战争中，我们党正是在这一思想精神的鼓舞和指引下，打败了蒋介石国民党的反动统治，推翻了压在中国人民头上的三座大山，取得了新民主主义革命的伟大胜利，建立了中华人民共和国。从此，中国人民真正站起来了，真正成了国家的主人。

到1978年党的十一届三中全会，以党的第二代领导核心的邓小平同志为首的党中央所提出的以经济建设为中心、实行改革开放的战略决策，其出发点和归宿是与"全心全意为人民服务"的思想精神相一致的。唯其如此，才能真正不断满足广大人民对物质生活和文化生活的追求和日益增长的需求。这集中体现在他所提出的三个是非判断标准上，即"应该主要看是否有利于发展社会主义社会的生产力，是否有利于增强社会主义国家的综合国力，是否有利于提高人民的生活水平"。改革开放40余年，无数的实践已充分显示出上面所说的思想精神和国策的光辉正确，从而也便得到了广大人民的衷心拥护。

在此基础上，2013 年，习近平总书记进一步向全国提出，必须"树立以人民为中心的工作导向"，"因为人民是我们党执政的最深厚基础和最大底气。为人民谋幸福，为民族谋复兴，这既是我们党领导现代化建设的出发点和落脚点，也是新发展理念的'根'和'魂'"，从而才能"不断增强人民群众的获得感、幸福感、安全感"。可见，"以人民为中心"的思想具有何其深邃的政治意义和强大的生命力了。

以人民为中心的发展思想，不仅具有重大的政治意义，也是与马克思主义的共产主义价值观紧密相连的。西方资本主义社会，它的价值取向是推崇个人主义，一切都以个人为中心，强调个人奋斗，发财致富而不理睬别人的死活，而个人主义的价值取向，又是建立在社会的私有制的基础之上的。而我们中国共产党人的价值观与上面的资本主义社会是截然不同的，我们所崇尚的是社会主义核心价值观，而这种价值取向则是建立在社会的公有制的牢固基础之上的，目标是要达到全体人民共同富裕。换而言之，即要让经济建设和改革开放的成果，更多更公平惠及全体人民，让大家一起共同过上越来越美好的生活。

在我们中华民族漫长的历史长河中，集体主义一直受到推崇，不管面对战争还是搞经济建设，把广大人民发动起来，大家拧成一股绳，利用团结的力量，才能面对困难险阻而取得最后胜利。伟大的抗日战争和解放战争的胜利，还有漫长的脱贫攻坚事业的成功，不是已雄辩地活生生地证明了这一点吗？

深圳经济特区从艰难起步，到后来一个接一个辉煌成就的取得，也是深刻把握和认识"以人民为中心"思想的结果。作为亲历者，我对此感受犹深。20世纪80年代初，面对广大民众强烈要求尽快改变经济上贫穷落后的面貌，不断改善提高生活水平的愿望，党中央下决心在广东和福建两省一些沿海地区"杀出一条血路"。

这个战略决策的出发点是完全建立在我们党一直以来坚持的"以人民为中心"的牢固根基之上的。随后，那些筚路蓝缕、胼手胝足的特区"拓荒牛"，日夜兼程、辛苦打拼的创业者，敢闯敢试、甘为人先、埋头苦干的改革者，先后从四面八方聚集到这个地方，也是响应中央的号召所致，从而共同铸造了令世界惊叹的深圳奇迹。

在深圳经济特区创办以来的40余年既艰难而又不平凡的岁月里，从大政方针的制定出台，到经济建设每一项的谋划实施；从所有城市管治和生态环境措施的制定到日常民生的建设；从不断提出完善法治建设新观念，到适时制定出符合实际适用的新法规，坚持以法治市；再从原先的文化建设处于一穷二白，被称为"文化沙漠"的状态，到各门各类都呈现出百花齐放、蓬勃发展之貌……所有这一切，都严格遵循这样一条原则和路径进行：从深入调查，广泛听取民意，真正掌握实况，到反复验证，制定严密方案，做到科学实施，再到实现民意，获得民心。换言之，这种做法也就是凡事必须先找到"最大公约数"，才能画出"最大同心圆"。一句话，深刻把握"以人民为中心"

思想为初心使命，时刻坚持人民至上，才能保障我们的各项事业取得成功。

党成立百年感言

  2021 年是中国共产党成立 100 周年的大喜日子，这一时刻，作为党的一分子，我感到无比光荣、自豪和骄傲！

  我们党是在暗无天日，社会环境十分恶劣的时刻诞生的。1921 年 7 月在上海和浙江嘉兴南湖一艘红船上召开第一次全国代表大会时，全国党员只有 50 多人，出席大会的代表也只有 13 人。但正是这样的一个党，始终坚持克服了无数的艰难险阻，战胜了各种敌人一次又一次的围剿进攻，不断地从无到有，从小到大，再从弱到强，终于取得了新民主主义革命的胜利，建立了中华人民共和国，使亿万人民真正成为国家的主人。在此基础上，我们党又领导全国人民不懈奋斗，取得了社会主义革命和社会主义建设的辉煌胜利。这中间始终贯穿着这样一条金光闪闪的红线，即真正使全体中国人民从站起来到富起来，再到强起来，使中华民族巍然屹立于世界民族之林，成为建设世界共同体的中流砥柱。

我们党为何在长达一个世纪的岁月里，不管遇到什么样的敌人，命途又何其凶险，都能一一化解，转危为安，始终屹立不倒，还不断地发展壮大，在世界上的影响力也越来越大，这被世界许多国家的政党视为一个谜。不过，在我看来，把此视作一个谜，是不准确的，因为我们党自成立之日始，每召开党的代表大会，每发布重大的战略决策，都是向外界公开的，绝没有半点秘密可言。只不过过去整个西方资本主义世界对我们党一直充满了傲慢和意识形态的偏见，只是随着我们国家和党日益发展，影响不断扩大，才不得不加以重视罢了。

不过，值此建党百年纪念之际，对其经验加以系统、科学地总结，自有其意义，笔者不揣浅陋，略陈拙见，以便与读者相互切磋。

　　中国共产党是在马克思主义指导下建立起来的，此后也一直把马克思主义作为全党的根本指导思想。但以毛泽东同志为代表的中国共产党人对马克思主义，绝不是教条式地生吞活剥，生搬硬套，而是把这个主义的普遍原理和基本原则与中国的国情，特别是革命中各个时期的实际情况紧密地相结合，合理科学地制定出党的路线、方针和政策，并不断推进理论、体制和实践的创新。比如马克思主义有一条重要原理，即无产阶级革命必须武装夺取政权，建立新世界。但它主要要求在大城市发动组织工人武装起义来进行。而这并不符合中国的国情。因为从 19 世纪到 20 世纪中期，我国正处于半封建半殖民地社会中，工业薄弱，大城市中的无产者工人数量不足，这就造成了在大城市中发动工人进行武装斗争取得胜利的可能性很小，因此我党发动的上海工人武装起义和南昌起义以及广州起义都失败了。为此，以毛泽东同志为首的中国共产党人便响亮地提出，根据中国的具体国情，进行无产阶级革命，必须在广大农村地区，广泛发动组织大量的受苦农民起来进行武装斗争，并以"星星之火，可以燎原"的态势，运用农村包围城市的战略，最后夺取全国革命的胜利。正是在此思想认识推动下，毛泽东同志亲自回到湖南，在农村发动组织了秋收起义，随后又上了井冈山，建立起红色革命根据地。由此经过28年的艰苦奋斗取得了新民主主义革命的最终胜利，建立了中华人民共和国。这不仅是马克思主义在中国的胜利，更是对马克思主义理论的重大创新。

我们党从正式成立这一天起，就在自己制定的纲领上鲜明地规定"必须与无产阶级一起推翻资本家阶级的政权""承认无产阶级专政"，同时"消灭资本家私有制"。七大修改后的党章，更指出"最终目的，是在中国实现共产主义制度"，为此规定"中国共产党人必须具有全心全意为中国人民服务的精神"，亦即今日所说的"必须为中国人民谋幸福，为中华民族谋复兴"。这不仅是对每个党员的强烈要求和巨大鞭策，更是要在每个党员身上确立起一种无比崇高的信仰。每个党员能真正胸怀着这种崇高信仰，那他在革命战争年代，面对阶级敌人的屠刀就绝不低头，能在枪林弹雨中冲锋陷阵，英勇杀敌，顽强地去夺取胜利；在和平建设年代，就绝不会在各种困难面前退缩，而是会千方百计去想办法完成工作任务。当今在各行各业各条战线上所出现的无数英雄模范人物，所创造的不凡业绩，足以证明信仰也是一种伟大的力量。

面对歧路，不免思考，不仅对个人如此，对一个政党一个国家而言，更是不能回避的问题。20世纪90年代初，东欧剧变，西方阵营自以为取得了冷战的胜利，社会主义失败了，资本主义从此便可安枕无忧。但我们党并不惧怕，决心更高地举起马克思主义的大旗，在中国特色社会主义道路上阔步前进。

这条中国特色社会主义道路，是我们党带领中国人民经历百年艰难跋涉，战胜无数考验，跨越重重难关，不惜抛头颅、洒热血，百折不回地努力奋斗而走出来的。初心闪耀、理想信念坚定、战略定力牢固，终使中华民族迎来了从站起来到富起来，再到强起来的康庄大道。

这条中国特色社会主义道路，又是一条时刻把人民放在最高位置，全心全意为人民服务，从而得民心，顺民意，惠民利的道路。1978 年党的十一届三中全会，决定把全国的工作重心转变为以经济建设为中心，并实行改革开放的战略决策。之后，经过全党全民的不懈奋斗，在 40 余年里使整个国家的面貌发生了翻天覆地的变化，成为全世界第二大经济体，国力空前地增强了，广大民众的生活水平也大大地提高了。与此同时，我国还在广大农村地区进行了一次规模空前、举世无双的脱贫事业。到 2012 年，全国已有 7 亿贫困农民摘掉了贫困的帽子，但尚有 9899 万农村人口未能脱贫。这是脱贫事业中十分难啃的硬骨头，这要求党和政府必须花更大的力量，才能把这些最后的顽固堡垒攻下。在习近平总书记的亲自谋划、部署和监督下，全党全国打响了脱贫攻坚战，经过 8 年的艰苦奋斗，终于取得了这场脱贫战斗的最后胜利，震动了全世界。这是中国共产党、中国人民和中华民族的光荣，也大大增强了我们国家在国际上的影响力。

重视本党自身的建设，在这方面，我们党在世界众多政党中也是佼佼者。自成立起，我们党就制定了明确的纲领和党章，以约束规范全体党员。在政治思想上，特别重视对党员的理解信仰教育，使大家逐步确立起马克思主义的世界观和人生观，具有明确的奋斗目标和方向，从而集结成全党的强大力量。

除此之外，我们党还有一个特点和强项，是其他政党无法相比的，那就是能自觉纠正党在前进发展过程中所发生的错误，随时总结经验教训，从而使党更加强大，永立于不败之地。比如1927年在武汉召开的八七会议、1935年在贵州遵义召开的遵义会议和1941年的延安整风运动，还有1978年党的十一届三中全会，纠正"文革"的错误，等等，都是有力的证明。这显示出，以党的自我革命引领伟大社会革命的精神做法，每到重大关头，我们党都能指引着前进的方向，担当着历史的责任，坚持真理，修正错误，带领人民战胜一个又一个艰难险阻，夺取一个又一个的伟大胜利。今天，面对国际上百年未有之大变局，在党的领导下，中国人民也有能力和勇气应对时代的一切挑战，把胜利的红旗插上更高峰。

总之，中国共产党自成立以来的百年间，无论是进行社会革命还是国家建设，所面对的既有怒放的鲜花，也有密布的荆棘，但始终昂首阔步地走在人类发展的大道上，雄姿英发地屹立于世界之东方，迸发出鲜艳夺目的光芒！

二　辑

谈"定力"

"定力"即人的意志力，表现为潜藏于内的心态和素质。素质有不同，性格有差异，表现出的定力也就随之而有变化。比如对待戒烟戒酒，有人在同事朋友中反复宣称要下决心戒掉，却次次失败，究其原因，就是严重缺乏定力，抗拒不了诱惑；有人却大不相同，凡是一经公布的事情，不管遇到什么困难和险阻，他们都勇于去克服战胜，最终实现既定的目标，这也是定力强大使然。

其实，定力的内涵是很丰富的，表现形式也多种多样。有人定力强大，就能有明确的人生和工作的目标，做事处事也会一贯到底，绝不半途而废，且力争取得好的结果；反之，有人缺乏定力，他的做人态度只有四个字：得过且过，生活上碰到一点困难便想着退缩，若想让他办好一件事，简直比登天还难。

而且，有人压根发觉不了自己严重缺乏定力这个缺陷，从来不会反省。但每个人都生活在纷繁复杂的社会，需要并应该从能力、性格、判断力、勇气、知识和情绪等方面认识自己和了解自己。只有这样，才能取得把握自己和驾驭事物的能力。有哲人曾说过："镜子可以照出一个人的容颜，而能够照出自己灵魂的只有自己的反省能力了。"说的就是这个道理。

缺乏反省必然产生抱怨。有人天生擅长此事，一天不向别人倾诉就觉得不舒服。之所以如此，除了本性使然，还在于期望从他人那里得到同情安慰和帮助，但屡屡如此，只能惹来他人的厌憎，到头来反而会让自己增加新的烦恼和不满。一个人要能真正克服这种毛病，只有逐步培养并增强自己的定力才能达到。

上面已经说了缺乏定力的种种消极情况，那接下来也该叙述一下定力在工作和生活上的积极意义了。

上至国家地区，下到企业单位，若想要办成一件事，首先要经过充分而广泛的调查研究，制定出比较完备的规划方案，再动员人民群众万众一心，坚持不懈地去完成。这一过程中，起核心制约作用的就是定力。强大的定力带来强大的战斗力，也带来克服困难的勇气和力量，唯其如此，才能最终取得胜利。这样的事例不胜枚举，下面简述几例，可谓窥一斑而知全豹了。

20世纪30年代，我国遭受到日本军国主义的疯狂野蛮侵略，在双方力量悬殊，国家民族面临生死存亡的历史关头，毛泽东同志发表了《论持久战》，向全国广大的军民发出庄严的号召，在艰苦卓绝的环境下，发扬坚忍不拔、一往无前的精神和不怕牺牲的英雄气概，坚持抗战到底。历史早已证明这一号召的英明和正确，同时也充分显示出坚信抗战必定取得最后胜利的定力的巨大作用。

时光飞逝，历史车轮滚滚向前，进入21世纪，我们党在不忘初心的思想指导下，又向全党、全国人民发出要在本世纪 20 年代初实现全面脱贫，整个中华民族共同进入小康社会的伟大目标。这是人类社会前所未有的宏大事业，也是空前艰巨的。

如何才能真正圆满地完成这项任务？在 20 年间，经过一次又一次的脱贫攻坚战斗，无数的党员和群众，在党的统一领导下，充分发挥了各自的聪明才智，提出并践行了各种方法，使脱贫攻坚这项重大任务不断取得阶段性的胜利。究其根本，正在于广大的党员群众，在思想上心底里继承和发扬了毛泽东同志在我党第七次全国代表大会提出的满含定力的愚公移山精神。这个事实，不能不说又一次深刻显示出定力的重大意义了。

虽然上面所论证的定力作用是从一个国家民族的整体来说的，但对于个人的生存和发展进步也是如此。去年我回了一趟农村老家，听邻舍叔伯说，村里有个贫困户的孩子，一直以来全靠自己埋头苦读，终于一路过关斩将，进入清华大学深造，毕业后又被分配到中国科学院，一时间轰动了家乡。我想这无疑又是强大的定力做支柱所带来的美好结果。至于无数的科学家和科研人员，他们经年累月研创出来的一项项崭新的成果，不也是坚强定力所带来的璀璨结晶吗？

总之，一句话：定力万岁！

自立自强话人生

　　前些日子，我回老家到一个发小家里做客。主人只上了高中，未能继续进大学深造，毕业后便在县城一个食品厂当了工人。但多年后，随着党和国家改革开放政策的全面铺开，他便以敏锐的眼光和大胆的做派，乘着这股浩荡东风，正式辞工筹资开办了一个小型的来料加工食品厂，再以强大毅力和不向困难低头的精神，灵活运用滚雪球的办法，把这个小企业越滚越大，到如今已颇具规模，年收益过亿元了。

　　事业有成，我这发小自然眉飞色舞，颇为自豪，但他内心深处也有件烦心事，那就是这个家族事业的后代接班的问题。其实，这也是关乎年轻人如何沿着正确的道路逐步成长的大问题。

古往今来，不分国家地域，也不管人种肤色，更不论贫富的差异，人大致可分为这样几种不同类型：

一种人心灵深处具有强大的定力，一旦人生目标确定后，便坚持一直奋斗，中间过程哪怕碰到任何艰难险阻，都能以自力更生、顽强拼搏的精神意志去战斗，最后把理想目标变成现实。

另一种人虽无宏图大志，也与世无争，一生安于日出而作、日落而息的平凡日子。但他们深知人生在世不劳而获是可耻的，只有靠自身辛勤劳作而获得的果实才是牢靠光荣的，生活虽算不上十分丰厚富足，但心境始终保持平和安乐。

第三种人活得就差劲了，他们的人生哲学是不想付出，只愿享受。若在这类人面前谈事业理想，谈做人的道德准绳，他们会立马变得惶恐害怕，不知所措，凡事不思进取，安于现状，一天到晚浑浑噩噩地活着。

诚然，世间的一切事物，大到一个社会小至个人的命运，都存在着矛盾变化，在一定条件下还会产生转化，这对于上面所说的三种类型的人来说也是如此。人的一生有多种可能，怎样想、如何做才能获得真正的自立自强呢？依鄙人之见，只要一生力行做好下面几件事，便有很大的希望。

第一，从小积极培育自信乐观的性格。

一个人性格的好坏，在相当程度上决定了他一生的命运，这就是人们常说好性格是成功者的铺路石，而坏性格却成事不足，败事有余的道理。自信乐观的性格更容易让人在事业上成功，在生活中获得幸福，因为这样的性格能随时随地调动自身心中的一切积极因素，想出有创造性的办法，去努力达到计划好的理想目标；自信乐观的人对周围环境的人和事的观察和看法，能采取宽容开放的态度，头脑始终清醒，心境平和，胸怀坦荡，从而处世立志不会迷失方向；自信乐观的性格，促使人面向社会，广交朋友，容易获得别人的好感和帮助，这也有益于事业成功。

同样，一个人的性格，绝不会在娘胎中就有，更不是突然从天上掉下来，它必然经历一个从发生、发展到定型的过程。这过程会随着社会、环境、家庭以及工作学识等诸种因素的变化而变化。可见，若想获得好的性格，就需要父母从孩子小时候开始重视，采取措施积极培育。

第二，逐步养成勤于思考，富于创新的习惯。

人类社会永远处于新陈代谢、不断变化交替之中，新事物层出不穷，世界日新月异。面对这个瞬息万变的世界，一个人若安于现状、不思进取，那必然难逃被抛弃的命运；反之若能积极面对现实，与时俱进，开动脑筋，着力发现隐藏于平凡事物中的新东西，如此往复，坚持不懈，就更容易创新出成果，于激烈竞争之中找到安身立命之地。

第三，在工作生活中，必须坚拒只说不做的恶习，不断在实践行动中丰富头脑，积累经验，增长才干。

我常常看到一些年轻人在谈自己的理想希望时，表现得精神饱满，神采飞扬，也说得头头是道，使人当场感动和赞叹，但过后却毫无动静，一点行动也没有，最后只落得一事无成。这表明那些热衷"只说不做"的人不明白实践的重要性。但事业能否成功，很大程度上取决于能否把行动的力量发挥出来。只有不怕碰钉子，一门心思地去干，日积月累，使成功的因子不断汇入自己心灵和血肉，才能一步步走向美好的目标。

总之，一句话：立刻去做！用积极的心态去行实践，便可帮助一个人真正成为自立自强的人，并逐步达到理想的境地。

此外，一个人要能真正自立自强，还须具有坚忍敢为的意志，有能在逆境中发现捕捉胜利的眼光。世上有险境，但少有绝路。一般而言，人生都不是一帆风顺，成长路途都必然碰到各种困难和烦心事，使人陷入悲观失望，心灵感到烦躁不安。面对这种逆境，不应惊慌失措，垂头丧气，而要沉住气，稳住阵脚；同时积极开动脑子，认真分析情况，总结经验教训，以求再次扬帆起航。

我有一位朋友，在20世纪八九十年代到深圳经济特区后，乘着特区创办和实行改革开放的浩荡东风，在福田工业区里投资开设了一个颇具规模的饭馆，开张后的一两个月，生意红火了一阵，但好景不长，来饭馆吃饭的顾客一天比一天少了，濒临倒闭。尽管事业处于逆境，但我这位朋友有临危不乱的品质和不懈奋斗的精神，通过对各种情况和因素的分析，终于找出了造成这种危局的主要原因：虽然工业区规模不少，入驻企业百余户，职工近 10 万人，这些人每天的确需要吃饭，但他们绝大部分都是从内地来的，特别是来自两湖和四川的又几乎占了七八成，而这几个省区都以吃辣出名，甚至到了无辣不成餐的地步。而我这位朋友所开的餐饮，恰恰是不含辣的粤菜馆，食客渐渐稀少便在情理之中了。

一旦找到原因，我这位朋友就亲自出马到两湖和四川这几个省区，高薪聘回三四个专做湖南菜、四川菜的名厨，采用薄利多销等经营办法，很快扭转了危局，使事业获得大发展。

可见，一个人要使自己的人生有所成就，就必须明白，不管在前进路上遇到何等的艰难险阻，都不能沉沦，要在逆境的关键时刻再次奋起，勇猛地攀上事业的新高峰，从而建树出真正自立自强的人生！

"宁静致远"解惑

　　"宁静致远"这说法并不新鲜。自古以来，从南到北，从东到西，我国不少家庭的客厅或书斋的墙上都挂有一些书法名家以此为题书写的匾幅用作装饰，使其流传颇广。那么，何为"宁静致远"？这四个大字究竟有何深意？这里可以花点笔墨说说了。

　　前面两字的意思，相信人们都容易明白，就是说一个人要时刻保持平和的心境；后面两字主要是指达到、获得个人在事业和生活上的理想目标和美好境界。这前后两者具有紧密的因果关系。

　　据说，只有敢想敢干、善于思考的人，才会取得事业的成功。但怎样才会使人敢想敢干、善于思考呢？依笔者之见，就必须时刻保有宁静平和的心境。因为，善于思考是由敢想和会想两种因素构成的，那些成功的人大都因为具备了这两种因素，所以才有惊人之举，而这两种因素却深藏于宁静平和的心境中。不论从政还是搞管理，在工作过程中，如果想要提出改革的新方案，就必须建立在如下的基础上：一是这方案提出前是经过大量实际的调查考察研究的；二是不怕失败，要做好不断坚持改进完善的准备。在这过程中，自然存在成功或失败的两种可能性。如果获得成功，无疑是天大的好事，值得高兴，但千万注意不能由此冲昏了头脑，平白失去了继续前进的方向和动力。如果失败了更不应灰心丧气，而是要冷静下来，从多方面多角度去仔细找出失败的原因，从中认真吸取教训，以利以后再战。但这两种状况，都只能在心境处于宁静平和的状态下才能达到。可见，这就是"宁静致远"真谛之所在。

接下来，一个人若要能真正始终保持"宁静致远"，还必须认识到下面几点：

第一，人的性格影响制约着其心境，这是一组相互对应的关系。

在日常的工作和生活中，有的人经常在愤怒发脾气，甚至高声叱骂，咆哮如雷，使周围的人不堪其扰，十分反感，也使其本人的工作和生活受到不利影响。一个人不分青红皂白胡乱动怒是一种恶习，经常怒形于色更是性格的一种弱点，不仅损害了宁静的心境，而且也严重阻碍了致远目标的实现，所以务必要下大力气加以控制克服。

虽然有"江山易改，秉性难移"的说法，但这并不意味这种坏性格无药可救。有事例证明，下定决心，不断地刻苦磨练，也能逐步培养起与发怒相对抗的忍耐力，如此一直坚持下去，火爆性格就会慢慢得到改善，所谓"忍字头上一把刀，忍得住来是英豪""如果有耐性，都能从石头里挤出水来"，就是如此。

第二，宁静平和心境的保持也与一个人的胸襟密切相关。

一般情况下，如果具有宽广的胸怀和豪爽大方的气度，人就容易保持心境的宁静平和，为人处世会从大处着眼，不计较小事得失。如此日积月累，也有利于头脑变得更聪敏，才智变得更灵活精妙，对事物判断力不断增强，显示出其为人的高超境界。

反之，如果一个人心胸狭窄，凡事斤斤计较，只着眼于个人私利，甚至希望从别人的不幸中得到乐趣，容不得他人哪怕一点点美好的东西，那还有什么心思去保持心境的宁静平和呢？只能时刻处在烦躁不安宁的氛围中，到头来一事无成。

第三，保持宁静平和的心境，还需要时刻注意克制管理好自己的欲望。

人的欲望如江河中的泥沙一样数不胜数，又不尽相同。消极的欲望如贪财、权欲和虚荣心之类，深深地破坏人们的心灵，甚至会使一些人不惜饮鸩止渴，付出生命的代价。消极的欲望尤其容易滋生蔓延，一旦其随着警惕性逐渐降低，制约力逐渐减退，不再受制于人的意志，就会成为可怕的主宰，破坏美好的人生。正如英国思想家培根所说："不正当的欲念好比一个熔炉，如果彻底扑灭它的火焰，它就会熄灭，如果给它留一个出口，它就会越燃烧越旺盛。"

由此可见，如果一个人对自己的消极欲望采取顺从放纵的态度，拒绝任何教训与劝导，就不可避免地要犯错误，严重地破坏宁静平和的心境。树立良好的人生观和奋斗目标，就要求人们培育深沉含蓄的气质，以之管理欲望，牢牢把握自己。一言以蔽之，一个人内心的平和节制是明慎处世、获取事业成功的关键。但愿当今世上有更多的人都能有"宁静致远"的美好心境，获得事业和生活上的双丰收。

闲话"生活"

"生活，我要生活，我要享受更美好幸福的生活"。是的，这是广大民众的共同心声，也是一个不能回避的现实问题，是对每一个人头脑和心灵的考验。

虽然由于各人的出身背景不同，所处的生活环境各异，加之受教育程度也有差别，每个人对生活和美好生活的理解都各不相同——从媒体的问卷和记者的现场调查都可以看出——但这并不等于对"什么是美好的生活"这问题的答案没有客观标准。根据马克思主义的生活观，现实的个人是构成生活的第一要素。世界上所存在的任何生活，都是以个人的现实需要为出发点的，并由此显示了生活的丰富性和独特性，也明确指出了生活的社会性和实践性。这说明个人的生活不能脱离社会的制约，个人对美好生活的向往追求，只有通过生产的实践才会实现。我以为这就是马克思主义生活观的简单要义。

因此，人的生活都是与所处社会的经济发展水平密切相关的。生活水平的高低，与每个人每个家庭的经济收入相一致。为了满足人们对生活不断的需求，就必须相应地不断提高社会生产力，促进经济持续发展。对个人而言，就必须不断地积极投身于生产的实践中去。任何工作成就的取得，绝不是靠坐在办公室里喊喊口号，或热衷于敲锣打鼓造点声势就能实现的，只有靠真抓实干，才能获得胜利。

回顾社会发展史也可以看出这一点。奴隶社会中，奴隶主高高在上，奴隶当牛做马。封建社会中，地主占有土地，农民多为贫雇农或自耕农，终身依附于土地。资本主义社会中，资本家占有生产资料，剥削雇佣劳动，赚取剩余价值，贫富差距越来越大，占人口绝大多数的劳动群众依然生活艰辛。只有进入社会主义，才能实行生产资料公有化，按劳分配，逐步达到全体人民共同富裕的目标。

人们对生活的需求，也是随着社会经济的发展而不断变化提高的。这点我本人有切身体会。还记得小时候在家乡农村，我总能看到有钱人家从小市镇用小车推回大鱼大肉和各色可口食品，而自家母亲只能买回若干瓜菜，偶尔加些便宜的豆腐和猪红。面对这种差距的困惑，一直在我的小脑袋瓜里打转儿，但我始终未能想明白。我只能想到等自己长大后，也要靠双手过上好的生活。但那只不过是受当时现实的刺激、一闪而过的朦胧的愿望罢了，只要有饭吃，有学上，心里也就感到满足了。后来中学毕业后又考上大学，大学毕业后被分配到党和政府的中央部门工作，随着国家经济建设的大规模展开，各行各业也在一天天地发展变化，民众的生活水平也提高了，对于我而言，生活环境的变化、工作能力的锤炼、与外界社会的接触，特别是通过对马克思主义经典著作的学习体会，丰富了各方面知识，开阔了眼界，明白了事理，也对生活这问题有了更深的认识和体会。后来再到了改革开放的年代，国家经济建设突飞猛进，社会面貌日新月异，这必然会带来人们对生活看法的巨大变化。

与此同时，生活包含的要素是多方面的，美好生活也不只有物质丰富这一维度，对精神方面同样有很高的要求。精神文化生活对于个人和群体来说，有强大的凝聚与促进作用。我所经历的深圳经济特区初创，就充分证明了这一点。

深圳经济特区创办之前，是南国边陲落后封闭的小镇，但建设者的情绪十分高涨，干劲冲天，住房和物资短缺等困难全不放在心上，整天所想所愿的都是大干快上、力争早日改变面貌的事儿。但两三年后，大伙儿的热情和干劲不免有所减弱。这种情况引起特区领导的警觉，经过广泛深入的调查访问，发现这是精神文化生活严重短缺所致。人们干完一天活，吃过晚饭回到简陋宿舍后，啥娱乐也没有，只好围坐在小桌子周围下象棋或打麻将，或者泡壶好茶，邀三五个好友，一起东南西北地闲聊。普遍都感到脑袋瓜子有点空虚，精神文化生活缺了点什么。

摸清原因后，特区政府就决定在抓好经济建设的同时，也开始着力进行精神文化方面的建设。一时间电影电视、卡拉 OK 舞厅，简易文娱表演舞台、音乐酒吧，还有书店和图书室，等等，便全面开花，如雨后春笋般冒了出来，人们有了好去处。当年我曾在一间卡拉 OK 舞厅问过一位刚从舞台上下来的中年男子在台上演唱的感觉怎么样，他爽快地回答说："这还用说，简直棒极了。白天在工地干活是辛苦了点，但一站到这舞台上，便立马感到快乐得好过做神仙，身上的疲劳一下子也飞跑了。"这不就凸显出精神文化活动在人们生活中的重要性及巨大作用了吗？

总而言之，马克思主义生活观，揭示了人生活的内在动力，提出人把握、创造、实现美好生活的时间特性，创造性地提出了生活的实践性本质，为洞察实现新时代美好生活提供了科学的理论和智慧启迪。

何为不朽的爱情

  常听人说，爱情是人类社会生活中一个永恒的主题。古今中外对此也有卷帙浩繁的描述和议论。但以马克思主义来衡量，当今不少人特别是青年一代，对爱情这个老问题的认识理解是有偏颇甚而是错误的，从而导致恋爱结果不佳，甚至造成悲剧。更为可笑的是，近年还有一些所谓的"小鲜肉"和"小仙女"，把彼此间打闹做戏、丑态百出、道德严重缺失的男女关系，大言不惭地吹嘘成不朽的爱情。这就更显出正本清源的必要了。

  于是，在谈论不朽的爱情之前，首先要弄清楚何为爱情。《现代汉语词典》将爱情解释为"男女相爱的感情"。这解释说明两点：一是男女之间相爱是建立在感情的基础之上的，缺乏感情也就构不成爱情；二是这种感情决不应是表面肤浅的，而是双方都从内心深处发出的真挚情感，是完全真实可信的。

因此，男女双方打算培育建立爱情的，应该做好下面三件事：

第一，真正的爱情，双方必定具有共同的思想和事业理想，一致的人生观，即所谓的志同道合。这是构建男女真正爱情的根基，一旦这根基不牢，爱情大厦就必将垮塌，荡然无存。爱情不只是明媚的春光，夏夜的明月，也还会有秋日的坎坷，冬路上的冰雪，只有用美好理想做桥梁，以醉心的事业为纽带联结起来的爱情，方能使纯洁的爱情之花越开越艳。正如美国社会心理学家纳撒尼尔·布拉登所说："人生观是理解爱情和选择爱情过程中最基本的概念之一。浪漫爱情就其实质来说，需要一种有意义的、双方共有的人生观。"

第二，只有以具有责任感的道德文明为指引，在纯真无邪友爱的土壤中孕育成长起来的爱情，才会经受住长久考验，放射出耀眼的光华。

真正的爱情里确实有一种高尚的品质，因为它不只停留在双方的性生活上，而更能显示出本身丰富的高尚优美的心灵，要求以生动活泼的忠贞精神达到相互的和谐统一。爱情不仅温柔而且虔诚，不仅坚忍而且愉快，还更需要无私。在两人之间，只要有一人自私不诚实，就必定会失去对方的爱，如此一来，爱情自然就解体了。俄国思想家和文学家别林斯基说得好："如果我们生活的全部目的仅在于我们个人的幸福，而我们个人的幸福又仅仅在于一个爱情，那么生活就会变成一片遍布荒茔枯冢和破碎心灵的真正阴暗的荒原，变成一座可怕的地狱。"

第三，美好的爱情，还应该基于男女双方个性上的接近和爱好的相配，唯其如此，共同建立起来的爱情生活才会是丰富多彩和幸福的。

男女双方深切认识到个性和爱好兴趣相近是不可或缺的，爱情才能发生并臻于完美。要做到这一点，首先要双方注意尊重对方的个性和兴趣，然后彼此磨合，求得适合自己的相处方式以达到和谐。幸福快乐的爱情生活，必然是个性鲜明而又能自尊自爱的结合体，深广的心灵总能把所爱好的领域推广到无数事物上去，推广到被爱者身上去。

那么，做到上述三点，爱情就可以不朽了吗？事情并非如此简单，所谓"不朽"就意味着要有一定的知名度和流传性，需要这种爱情故事在社会上长久广泛地流传，为广大人民大众熟知且深深被打动，比如"梁山伯与祝英台""罗密欧与朱丽叶"。总而言之，不朽的爱情，必然出自诚挚的心灵。另一方面，应该看到"人必生活着，爱才有所附丽"，盲目追求爱情而忽略了人生的全盘要义是不可取的。即使是那些政治、经济和科学文化界名人的爱情，如果我们细加审视，就会发现他们把主要精力放在从事革命活动或推动社会生产进步及科学文化的发展事业上，爱情在其人生中只处于从属的地位。正如英国著名思想家和哲学家培根所说的："在一切伟大的人物（无论是古人今人，只要其盛名永铭于人类记忆中的），没有一个是因爱情而发狂的人，因为伟大的事业抑制住了这种软弱的感情。"当然，我们并不认为爱情是"软弱的感情"，成就"伟大的事业"就要绝情断爱。伟人的爱情也是炽烈深沉、感人肺腑的。如马克思与燕妮、毛泽东与杨开慧的爱情故事，就已为世人树立起光辉不灭的丰碑。追求爱情而又能约束，才会达成伟大的事业。

猜疑嫉妒害死人

有人不时对我发出感慨，认为商场的确如战场，不仅竞争激烈，而且不时有暗箭伤人，还要处处设防，这样就造成精力不必要的损耗，也使人心情处于苦闷之中。这种时不时放出的暗箭，虽然多出于利益之争，但与人性中猜疑与嫉妒的弱点，也不无关系。

猜疑与嫉妒作为阴暗心理，往往难以公开。西方文化中称之为"邪恶之眼"，我们传统文化也视之为"灾星"。这种心理随着人类的产生而出现，从上层统治者，到普通老百姓，受其支配者比比皆是。这种普遍性使其大量见诸文学作品。比如英国大戏剧家莎士比亚剧作中人物那种典型的猜疑与嫉妒心理，给观众留下深刻的印象。还有《三国演义》中的"空城计"，诸葛亮智退司马懿，就是利用了后者猜疑心过重的特点。而在现实生活中，猜疑与嫉妒引发的人际关系的恶化，更是造成了不少恶果，败坏了社会风气。比如对于单位中正常的人事升迁，就有心怀嫉妒的人在暗地里说闲话，甚至造谣生事。这种人看到别人工作有成绩或职位被提升，心里便感到不舒服，容不得别人的进步，恨不得所有同事都不如自己。久而久之，这种人便成了个人主义至上者，对人对事从不好好了解分析，而是听风就是雨，更喜好一些风言风语，把道听途说当真事，到头来，反使自己受到伤害，这是值得人们反省警惕的。

自卑感强烈的人容易产生猜疑与嫉妒的心理。这种人自知无论是天赋、学养、能力和胆色等方面都不如别人，做事便谨小慎微，不懂放开手脚去干，更不敢有丝毫冒险的举动，也就很难取得好成绩。但他们对别人的成功又感到不是滋味，不平衡，于是嫉妒之心油然而生，以此虚张声势，掩盖自己心中的痛苦和难堪。

另一方面，猜疑与嫉妒之所以会产生，也与人的虚荣心有关。我曾有个邻居，爱串门，最喜欢盯着别人家的家居用品有啥变化，一旦人家新添置了什么，他就心怀嫉妒，表面不说，回家后立即就要买个更大更好的，还要拉着别人去他家看，夸耀自己买的多么功能先进，样式新颖，真使人哭笑不得。

还有一种猜疑与嫉妒，容易产生于朋友和亲近的人之间。一个人可以对与自己无关的人的发迹不闻不问，却对熟人朋友的升迁产生嫉妒和不安，也许这正是人性中的一个重大弱点吧。

猜忌与嫉妒，就像一把双刃剑，既伤害别人，也对自己不利，那么，该如何去克服战胜它呢？

首先，要坚持不懈地培养个人良好的道德情操和宽广的胸襟。一般而言，容易猜疑嫉妒的人，其道德水准偏于低下，平时也不重视个人品德修养，长此下去，就会以自我为中心，只强调个人的利益，更容不得别人的超越。这值得警惕，要下大功夫去克服。

其次，要确立正确的人生观。有的人一直浑浑噩噩，不明白自己应怎样去工作和生活，更谈不上如何报效国家，服务广大民众了。正确的人生观，是指引一个人不断前进的灯塔。会使人变得聪明大度、无私无畏和精神焕发，有力量。

最后，要下大力去学会转移视线和思路，把被嫉妒之火折磨煎熬的身心，放到一件实在的、自己感兴趣又足够繁忙的事情中去，并在坚持实干中努力学习知识和经验，培养自强、自奋的意识和信心。如此一来，日积月累，必能过出一个有全新意义、闪闪发光，又充盈着强者本色的人生，这又何乐而不为呢？

盲目自傲要不得

　　我从小就爱足球运动。记得上小学时，我每天都与同学在狭窄的室外场地上踢足球，到读高中时，我还是学校和县里足球队的主力队员，大学毕业后，虽然不在足球场上踢足球了，但还是爱看各种足球比赛，偶尔也谈点与足球有关的看法。直到退休后，我才逐渐淡化了对足球比赛特别是有咱们国家队参与比赛的兴趣，原因就在于咱们国家的足球水平一代不如一代，国足的比赛成绩，不仅没半点提高，反而一年比一年差劲，2018 年在亚洲赛区对叙利亚的比赛也没取胜，只取得平局。叙利亚战争已近 10 年，整个国家已被打到稀巴烂，逃亡的难民也有五六百万，与我国情况相比可谓是有天壤之别。但回到球场上再看我国足球队员的表现，使人越看越窝火，兴趣全无。据权威资料，2020年中国足球队在世界的排名是第76名，比玻利维亚和乌干达这样的国家足球队排名还要靠后，这让人怎么说呢！

面对这种状况，某些相关人士却毫无半点难过和惭愧之情，相反还大言不惭地自我夸耀，突显一种典型的盲目自傲的消极心态，与严格的主动认真的自省精神相距十万八千里。可以说，如果咱们的国家队队员们都怀着这种想法和态度，那国家想要改变这支球队的面貌的愿望，恐怕是要落空的了。

其实，自省对个人或团体来说都是重要且不应规避的。我国古代著名文献《论语》就有"吾日三省吾身"之说，其影响一直延绵至今而不辍。因为自知的人是最聪明的，反之，缺乏自知之明是最愚昧的。只有自尊、自省和自制这三者才能把人引向最尊贵的王国。同时，还应明白，不断反躬自省是通向事业成功的途径。以这些精神来对照一下，某些人士是否会感到汗颜呢？

虽然足球与乒乓球这两项体育运动项目没可比性，但有人硬是要拿出来对比一下，还把后者贬损为只配业余比赛，登不了大雅之堂。这种看法是大错特错的。人们怎会忘记，无论是亚运会还是奥运会，都把乒乓球列入大会的正式比赛项目，而咱们国家的男女乒乓球健儿们在历届的比赛中都发扬了不怕强敌、敢打敢拼的优良作风，赢得了无数的金银铜奖牌，一次又一次地站上了颁奖台，眼看着光辉的五星红旗冉冉升起，耳边聆听着雄壮的国歌，为祖国、为中华民族获取了众多的崇高荣誉。这是多么值得自豪的事儿啊！与之相比，中国足球又怎样呢？是否值得反思呢？

事实上，我们国家至今的足球发展面貌，还有各地各种的足球队，特别是国足和奥足这两支最高级别的队伍的比赛表现都使很多观众失望。为啥呢，依我看，首先是个人技术，比如停接球、运球过人、头球和射门等不过硬。其次是身体素质欠佳，身板和头脚力量不足，还有长传球往往失准，影响了进攻的节奏。此外，更为严重的是，队员们缺少必胜或勇于争胜的信念，这影响了与对方球员主动出击争抢的胆气，从而造成了被动的局面，败阵收场的结局也就在所难免了。所有这些，无疑都应在加强训练的过程中加以克服提高。

多年来，关于进行足球改革和加强队伍建设之事，已经听了好多次了，但每次似乎都是雷声大，雨点小，收效甚微，真不知原因何在。

此外，中国职业足坛包括中超、中甲和中乙联赛等众多球队，都热衷于聘任外国球员来助阵，这种做法对提高我国的足球水平有多大帮助，未免令人生疑。据有关资料公开透露："外援的合同问题很大，有的球队一名外援的收入，都快顶上其他本土球员的总和了。"如果这种情况属实，那就更需打上个大问号了。

虽然，到目前众多的大小不一的足球俱乐部和这会那会什么的，都是一些民营企业出资组建经营的，但将大把大把资金抛洒在外国球员身上，值得吗？不应忘了凡事都要以效果来分析衡量。也许有人会说，这种做法并没有花国家一分钱，全是民营企业的老板自愿投资的。但民间资本对一个国家来说也是很重要的，如果利用得不好或投资方向不妥，何尝不是一种浪费？

写到此，我猛然抬头看了一下电视网，发现有条体育新闻又赫然在目：2020 年 SCSI 全球现役体育明星商业价值榜单，在前 20 名中，中国运动员占据了半壁江山，其中中国乒乓球队就有许昕等 5 名在列，而足球只有武磊 1 人。这无形中又给那些足球界盲目自傲的人重重地打了一个耳光，接下来也只有让他们好好反省一下了吧。

话说"一念之差"

　　剧烈变化的时代往往给人的心灵带来很大冲击，有些人便在驾驭生活之船的时候，因"一念之差"经不起风浪的吹袭，翻了船失足，造成人生的悲剧。

　　有些人在法庭上悔恨自白：在市场经济大潮中，没有很好地把握自己，个人主义恶性膨胀，走上了受贿犯罪的道路。有些夫妇，由于有了新欢，铸成了一生的大错，导致彼此感情破裂，"一念之差"在争吵打架后离异。有些人为了生计而远别故土，终日东奔西走，当生活无着处于彷徨之时，就因"一念之差"而陷进偷摸抢掠的泥坑。如此等等，不一而足。

　　那么，应如何来看待和处理人们思想中这"一念之差"呢？根据唯物辩证法，人们头脑中的"一念之差"，即是常说的偶然性，是客观存在的。当我们深入观察和研究世间事物变化发展的因果关系时，就会发现同时存在着必然性和偶然性这两种因素。虽然偶然性在事物变化发展中不起主导支配的地位，但仍有一定作用，正如有些人在"一念之差"中做了坏事。对于这样的人来说，不应因此对人生丧气绝望，应该相信，只要能认真吸取教训，在健全的外界环境引导下，经过主观的不懈努力，将来会重新变好的，前途还是光明的。

对那些已经步入歧途的人来说，他们之所以会生出那坏的"一念"，主要是由于私心太重，个人主义恶性膨胀，享乐主义严重，故而利欲熏心，在金钱面前迷失自我。这就为社会上每一个人敲起了警钟。面对市场经济的大潮，在产生"一念"之时，每个人要如何正确地把握好自己，抵御金钱物质的诱惑，把住私心情欲的闸门？最有效的办法就是加强世界观的改造，不断确立社会主义的人生观和价值观。只有这样，每个人才能抑制不好的"一念"的萌生，真正成为情操纯洁、行为高尚、对国家对社会有益的人。

莫为"浊富"

对贫与富、德与财，历来存在着不同的立场与态度。我国古代的传统思想大都重德轻财，所谓"德者本也，财者末也"，"君子喻于义，小人喻于利"，"君子乐于安贫"，这种把贫与富，德与财，君子与小人尖锐对立，褒贬绝对化的思想观念，对社会进步是不利的。

其实，对贫与富，德与财应该辩证地看。贫当然不好。生存权是人最基本的权利，过度贫困显然是对这种权利的剥夺。对于个人而言，整天吃不饱，穿不暖，为求基本生存而竭尽全力，又有什么可取的呢？对于国家而言，民穷国弱难免遭别国侵略，国民就有做亡国奴的危险了。因此，摆脱贫困，大力发展社会生产力，一心一意把经济搞上去，以求达到民富国强的决心和做法是丝毫不应动摇的。

富裕值得赞扬，但"浊富"就不好了。这里所谓浊，就是不问是非，不辨善恶，毫无选择，不根据社会公德和人格尊严来决定取舍，规范行为。"浊富"就是只知道追求金钱，聚敛无度，利之所在，趋之若鹜；至于是否制造了罪恶，败坏了品德，污染了社会空气，降低模糊了生活的品位素质，则完全无心顾及，也无力判断，更谈不上有明确的生活目标了。

"浊富"在现实生活中有着种种表现。有些人为了窃取金钱满足永无止境的私欲，不惜大肆制造或贩卖伪劣商品，把消费者的利益抛到九霄云外，触犯法律。有的企业生产发展了，家底厚实了，但面对日益激烈的竞争，不是未雨绸缪或防患于未然，坚持开源节流，勤俭办事业，而是在内外的交往中，讲排场，摆阔气，追求高档，一掷千金，唯恐别人说自己小家子气。有些人先富起来后，缺少善用金钱的目标和智慧，不能让金钱成为源头活水，继续扩大再生产，使业绩更上一层楼，利及别人和社会，却沉溺于大吃大喝，甚而聚赌嫖娼，成了财富面前的畸形儿。

朋友告诉过我一个故事。有个人这几年暴富起来，财富已超过百万。他有个亲戚，因儿子患病垂危，需马上入院抢救，向他借一万元。他的态度是借钱可以，但利息要比银行的高一倍。这样的行为，不但把亲情仁义忘记得干干净净，还要乘人之危捞一把，其心灵之肮脏，也就不言而喻了。

为了防止"浊富"蔓延，就要在大力发展社会生产力，提高全体人民的生活水平的同时，下力气进行法纪、社会公德和人格尊严的教育和规范。要使人们能避免诱惑腐蚀，在法纪和道德的力量之外，还需要有一种高尚的生活情调和欣赏力。只有当人们能追求超乎金钱物质之上的东西，精神上才会自由洒脱，也才会形成高雅的民风。

凡事贵在锲而不舍

神州大地上英雄模范辈出，很值得大家去学习。他们值得学习的高贵品质和精神是丰富多面的，人们从他们的模范事迹中所得到的启示也不是单一的。我认为从英模身上透射出来的那种凡事锲而不舍、持之以恒的品格精神更值得推崇和深思。

有些英模人物并没有创造出什么惊天动地的英雄业绩，却能在平凡的、不显眼的小事上一直埋头苦干，不管别人有何偏见或误解，都坚持用自己的爱心去拥抱世界，去温暖他人，默默奉献，充分表现出锲而不舍、持之以恒的品格精神。正如毛泽东同志所说的："一个人做点好事并不难，难的是一辈子做好事，不做坏事，一贯地有益于广大群众。"反之，一个人若是平时作恶多端，只是看到跪在路边乞讨的人，偶尔良心发现，丢几个钱，这一瞬间的善心是掩盖不了其本质上的丑恶的。

锲而不舍、持之以恒的精神，符合大自然和社会事物发展的法则，是事业成功的基石。水只有长流不息才能保持新鲜奔涌；涓滴之水能穿石，不仅因为目标始终如一，更因为坚持昼夜不停地滴坠。一棵小树从发芽开始，到生长成参天大树，中间需经过漫长的岁月，只因它不管风吹雨打，只一个劲向着向上长的目标坚忍不拔地迈进，枝叶也便越长越繁茂。同样的道理，一个人能够坚持一个目标，坚持不停地去奋斗，往往容易获得成功。所以古人云："不积跬步，无以至千里；不积小流，无以成江海……锲而不舍，金石可镂。"功成的秘诀在于恒心。

但在社会生活中，锲而不舍、持之以恒的精神并不那么容易保持，与之背道而驰的现象，倒是不少。有些人参加业余培训班，开始时雄心勃勃，热情很高，但经过一段时间后，便被学习的困难吓住了，对学习的前景也失去了信心，便变得懒散起来了，三天打鱼两天晒网，最终成了"逃兵"。有些人开始创办事业时，风风火火，精神焕发，很有一股开拓进取的劲头，一旦取得一点成绩，便喜形于色，大有当今英雄舍我其谁之概。然而一遇挫折，就意志消沉下来了，原先积极进取的劲儿也不见了，最后只能以失败了之。有些人贫穷时勤劳苦干，精打细算，保持着艰苦奋斗的本色，但一夜暴富后，就成天出入歌台酒馆，一掷千金，甚至不知羞耻，成了不劳而获的食利者。

上述这些人的行为，正是忽视了锲而不舍、持之以恒的精神。人的一生，不分性别、种族、文化和信仰，都犹如在攀一座高塔。"欲穷千里目，更上一层楼。"只有那些眼睛始终盯着塔顶，年复一年地坚持艰难地拾级而上，中途决不畏惧退缩，真正做到锲而不舍的人才有可能实现目标。但愿人们都能持之以恒地攀到人生的塔顶，最终领略到大千世界的美好风光。

谈"自爱"

在人类社会中，爱可分为父母的爱、兄弟姐妹的爱、师长的爱、朋友的爱、男女之间的情爱。这些不同类属的爱都是人们渴望拥有的。但人若要得到这些爱，其前提是首先要懂得自爱。有些人由于得不到这些爱而变得消极、孤僻、冷傲、自暴自弃，对生活失去爱心和信心，有的甚至走上邪门歪道，危及社会的和谐安定。他们忘却了一个最简单的道理，要想得到别人的爱，首先要懂得自爱。

那么，如何才算懂得自爱呢？

须知，自爱不同于自恋。自恋的人往往视自己如珍宝，而视别人如敝屣；从不与别人接近，更不接受忠言，喜欢独来独往。在他眼里，世间的人统统不在话下，唯独他自己才显得神圣高超。如此之人只会令人生厌。而有自爱的人恰恰相反。他明白人是置身在社会中的，个人无法离群索居，特别是在今天科学昌明的时代，完全封闭式的单个人生活，只能走向死亡。因此，他时时自觉参与社会群体活动，从而培养对事物的好奇、爱心和希望，对生活的兴趣，如此才不会觉得生活空虚、无聊与痛苦。自爱者是使自己走向社会群体，并在群体中受到别人欢迎，和谐地与大家一起去分享生活的甘醇。

要自爱，明确的人生目标和到达此目标的决心毅力不可少。人生目标绝不是可有可无的点缀品，而是一个人生命的动力，人生价值秤盘上的砝码。具有明确生活目标并以自己全部力量为之奋斗的人，才会感到生活的美好和幸福，也不会因暂时受挫而一蹶不振。每一个有决心有毅力走向生活目标的人，都有一座内心的殿堂，存放着他自爱精神的珍宝。正是这种精神珍宝赋予他在人生旅途上不断发射出光和热，同时也使他能够接受来自别人的光和热，最终到达彼岸。

逐步培养豁达、乐观的人生态度。人的一生是短暂的，而事业和生活却极为广阔。切不可因一时失去什么而变得消沉。努力振作起来，恢复自信心，继续乐观地奋斗向前。要相信人生将是多姿多彩地结束，而不是黯然无光地消退。人应该永远生活在希望之中。希望是生命的灵魂，心灵的灯塔，成功的向导。旧的希望即使泯灭了，新的希望的烈焰会随之燃烧起来；如果什么希望也没有，人的生命也就停止了。要让希望之灯常留心间，使心灵始终闪亮。

对人真挚自然，凡事不太过认真计较，也是懂得自爱的人应有的品格。真挚善良的人是可爱的，对人自然热情的人也是受人欢迎的。但这种真挚善良和自然热情必须发自心底，而不是伪装。一个人生活在社会上，对大事自然要坚持原则，否则会滑向是非香臭不分，随波逐流，人云亦云。但如果凡事过于认真，过于拘泥小节，斤斤计较，那不但显得自己气量狭小，而且会招致别人的疏远，从而心里渴求的爱更不会得到。如果能做到在小事不计较之后心里仍感到快乐，那对己对人才是真正美好的。

总之一句话：在你爱别人的时候，不断去孕育自己的纯洁心灵和品格，从而获得别人对自己的爱。如此往复，相得益彰，世界将变得更加美好。

"自省"浅析

古往今来,自省都被那些胸怀理性、自觉性高,对己要求严的人所推崇倡导。春秋战国时曾子曰:"吾日三省吾身。"荀子也强调:"君子博学而日参省乎己,则知明而行无过矣。"明代王阳明则认为:"过者自大贤所不免,然不害其卒为大贤者,为其能改也。"知过能改,就是能自省的缘故。这里的自省,是指一个人的言行举止,所作所为要不时自觉认真地去进行检查总结,从而不断努力发扬成绩,改正缺点,以求往后做得更好。

对个人来说自省具有积极的意义。但知易行难,尤其是在变化剧烈的时代,剧烈的变化带来一定程度的失序，对道德和秩序造成挑战，不免使一些错误思潮和丑恶现象蔓延，成为影响毒害人们心灵的毒瘤。这是与坚持"自省"的要求背道而驰的。

那么，一个人怎样才能真正做到自省呢？首先，应不断提高对自省的正确认识。其次，在提高认识的基础上，加强政治思想的修养，努力树立正确的世界观和人生观，养成崇高的追求，明了一个人活在世上的意义，不被世俗观念所污染，不被各种丑恶现象所腐蚀。那些整天生活得浑浑噩噩，不知人生目标为何物，只求今朝有酒今朝醉的人，是不可能对自己的行为进行自检和自省的。最后，在工作和生活中，要勇于实践，坚持在行动中总结，在实践中提高。以上三者是个整体，相辅相成，不能割裂。只有同时落实，才会取得真正的实效。

自省意味着能改过，也就与对自己行为的审察密切相关。一个能诚守自省的人，必然也是一个时时处处注重改过的人。或谓这样的人会被别人瞧不起，在社会上难以立足，就大错特错了。古人早说过"浪子回头金不换"，又云"知错能改，善莫大焉"。西哲卢梭在《忏悔录》一书中，对龌龊往事的坦诚回忆，对丑恶灵魂的无情鞭挞，特别是对自己曾经有过的恶行进行真诚忏悔，这样做不但没有引起人们对其鄙视不齿，反而使众多心灵受到深深的感动和震撼，思想得到了升华，这无疑是值得肯定赞美的。

话说幸福

何谓"幸福"？古今中外并没有统一的定义和解释，因为这是埋藏在人们内心深处的一种感觉，一种印象。只要有生活的时候，就有幸福存在，但它又是看不见，摸不着的如梦似幻般的境界。媒体曾在各地做过访问，想要了解一般民众对"幸福"的观念，结果所得答案五花八门，没有一种相同的，这很正常。

为何人们对幸福的感觉千差万别，对其追求所走的道路也各不相同，主要是因为它与一个人的世界观和人生观、处事态度及性格爱好等有关。一个富人，人生目标就是赚钱，只要金钱滚滚而来，他就会感到幸福；一个劳动者，靠自个儿的劳动就心安理得，过着粗茶淡饭的日子也会感到幸福；一个追求物质的人，与有钱人结婚，就算精神上受到压抑，但物质得到了满足，心里自然感到幸福；而一个追求精神的人，尽管婚后不富裕，但夫妇和睦，两心相爱，就也会有强烈的幸福感；如此等等，不一而足。所以"人的任何一种追求也都是对于幸福的追求，因此追求可能把人支配到这种程度，以至于满足这种追求对于他是最大的幸福，因为人所愿望的和努力追求的任何对象都是使人幸福的某种东西；因为这个对象可以满足这种追求，满足这种愿望"。只要这种追求是正当的，是以不损害别人利益为原则的，那每个人都会得到自己可以享受的，适宜于自己的一份幸福。此外，幸福感并不是静止不变的，会随着社会环境、生活状态和文化知识教养的变化而改变。少女时代但求白马王子的柔情蜜意，经过在社会的摸爬滚打，就知道只有相互理解支持，心灵相通，才会使人感到幸福。这也是自然合理的，唯其如此，社会才会发展进步。

但是，各种各样的幸福，难道就没有一种共性吗？俄国大文豪列夫·托尔斯泰曾说过："人生只有一种确凿无疑的幸福——就是为别人而生活。"这并不是说人应该没有自我，而是表达只有通过付出获得的幸福才是最高尚最永久的。如我们提倡学习的雷锋，在平凡的岗位上，在平和的日子里，长年累月坚持为群众做好事。在毛泽东同志"向雷锋同志学习"的号召下，雷锋精神的影响辐射力，足足伴随着几代人的成长，至今不绝。这种精神在新时代里又催生出义工这种新形式。曾经有记者采访过坚持做义工的人，当问到他们心中是否感到幸福时，得到的回答都是肯定的。这种自觉为群众做好事，全心全意为人民服务的行为，自然是确凿无疑的幸福。

幸福的对立面，就是不幸，但两者之间又是可以互换的。命运多舛，祸福无常，所谓"天有不测风云，人有旦夕祸福"，一个人一时的幸福，不仅会因自己的过失或社会外界的原因而失去，还会产生不好的影响，但不幸又可能成为通向幸福的桥梁。因此，不要随便向别人夸耀你自己的幸福，但碰到不幸时却要坚定地忍受并想办法化解，同时不要忘记"大祸过后，必有大福"的箴言，努力做到不灰心，不气馁。

友谊浅论

    友谊是指人与人建立起来的一种亲密关系，可在同性之间，也可在异性之间。友谊与孤独是对立的。沉溺于孤独的人，内心容易感到苦闷，无从排解，而拥有友谊的人则与之相反，可以享受友谊之树结出来的美好果实，丰富充实自己的人生。

    在日常生活中，好些人往往把熟人等同于"朋友"。其实这是两种不同的人际关系，贸然等同，不免尴尬或失态，甚或造成不好的影响，招致损失。所谓熟人，只是同住或共事的人，彼此认识有年，常常见面，多有交谈，相互了解一般情况，但也仅限于此。朋友则不限于一般了解，还要能了解对方的为人，熟悉他的内心世界和处事的态度。

　　交朋友不是一件轻率的事，不应儿戏，需要深思熟虑，肤浅轻率的做法是不可取的。在友谊建立起来前，应该认真考察对方的言行本身，特别是其人品。切忌在一两次聚会中，无缘无故，就被对方倾倒，认为彼此相知投合。一旦被这种表象所迷惑和误导，往往会造成以后的遗憾。有些人为了满足个人的私心欲望，实现其不可告人的野心，往往会以"交朋友"的招牌作为幌子，千方百计进行讨好，使用甜言蜜语进行迷惑，致使对方一步步堕入是非不分、晕头转向的境况中。但一旦目的达到后，这"朋友"便会溜之大吉。为了避免这种现象，就需人们在交朋结友时都采取严肃认真的态度。一旦决定建立朋友关系，彼此间就应该相互信任、相互尊重、相互关照和相互帮助，向对方袒露内心，给"亲密者"感情上的温暖。真诚是友谊的灵魂。特别是当朋友遇到家庭的不幸、生活上的变故，遭受事业上的压力和感情上的苦闷时，应该感同身受、发自内心地予以关心和帮助，与朋友站在一起。人与人之间建立真挚的友谊，正如弗兰西斯·培根所言："如果你把快乐告诉一个朋友，你将得到两份快乐；而如果你把忧愁向一个朋友倾诉，你将被分掉一半忧愁。所以友谊对于人生，真像炼金术士所要寻找的那种'点金石'。它能使黄金加倍，又能使黑铁成金。"

在人品性格的养成和事业的追求上，朋友的良言劝诫是一服良药。朋友的批评、切磋和帮助，可使懦弱的人变得坚强，使暴烈的人变得平和，使懒惰的人变得勤快，使迟钝的人变得快捷，等等。一个人想要有所成就，靠个人的单打独斗，没有真挚朋友的合作支持，是很困难的；若得到朋友们的真心支持、帮助和分忧，做事就容易得多，也更容易取得成功。

此外，友谊还能消除爱情关系上的压力。爱人之间常常会出现一些矛盾，不好对亲人倾诉，但朋友就不同，彼此间更能设身处地地为对方考虑，更能共情，从而更容易宣泄情绪，得到解决。

那么，一个人如何才能享有真正的友谊，并使之长久不变呢？

首先，除了本身的强烈愿望外，还需要将这种友谊建立在志同道合的基础上。荀子曾说："友者，所以相友也，道不同，何以相友也？"《淮南子·说山训》指出："行合趋同，千里相从。行不合，趋不同，对门不通。"晋代葛洪也十分认同："志合者，不以山海为远；道乖者，不以咫尺为近。"正如唐代诗人王勃所说："古之君子，重神交而贵道合。"

其次，友谊，还必须体现出朋友间彼此行为正直，诚实讲信用，无私心肯相助的品格。葛洪说过："朋友也者，必取乎直谅多闻，拾遗斥谬，生无请言，死无托辞，始终一契，寒暑不渝者。"又如晋代傅玄所说："近朱者赤，近墨者黑；声和则响清，形正则影直。"朋友间能始终情投意合的，才不会使彼此建立起来的友谊关系，中途解体，走向相互背弃。

社会公德浅议

人是一切社会关系的总和。一个人只要活在世上，就得面对社会，无法完全离群索居。因此只要有人群聚居的地方，就有社会公德的问题。社会公德虽然不是法律，但也是对人们行为的规范，有客观的是非善恶标准，也就成为社会基础之一。所谓："德，国家之基也。"

我从小就喜欢垂钓，祖家在珠江三角洲，河川纵横，鱼塘星罗棋布，不会钓鱼摸虾，是要被人讥笑的。垂钓讲求的是周围环境的清幽、朴实和自然。可我去荔枝公园钓鱼区钓鱼，却乘兴而去，败兴而归。在那里垂钓的人，密匝匝围在一起，不少人压根就没有垂钓之心，旁若无人地大声说笑打闹，影响他人。什么公德修养、做文明人都忘得干干净净。此情此景，实在令人侧目。

社会公德中诸如看演出按时到场，排队守序，必要场合保持安静，等等，看起来似乎都是小事一桩，不足挂齿，但这种与人们的日常生活息息相关的事情，如果处理不好，就会引起彼此之间的矛盾，给安定团结的社会氛围带来负面影响。我常去看演出，每次都有人姗姗来迟，且旁若无人，毫不在乎；演出过程中又总有人窃窃私语，令演出效果大打折扣。特别是交响乐，讲求听众心灵投入，否则演出者就犹如对牛弹琴了。我曾在报上发表过《希望有更多"有音乐感的耳朵"》，也收入本书，就是看到这种情况后有感而发。而在买票、购物、乘车、挂号看病和收寄汇款时，也有一些人就是不排队，一来就要占先，根本不把别人放在眼里。这些破坏社会公德的行为，是应该被曝光和谴责的。

"天下难事，必作于易；天下大事，必作于细。"

要成就一件大事业，必须从小事做起，而最微细的事情也往往通向最崇高的目标。行善如春园之草，不见其长，日有所增；行恶如磨刀石，不见其消，日有所损。改变人的道德面貌，塑造现代社会文明群体，实现社会全面进步，必须脚踏实地从每项具体的公德抓起。所有的演变，无一不是从点点滴滴的变化积累而成的，这就是从无数的量变达至质变的道理。一个国家、民族、地区或城市的社会公德的建立，也是这样。

社会公德是维护国家安定团结，维系人与人之间良好关系的纽带。我们要建设的现代化文明社会，必须使社会主义的公共道德在每个人心中牢牢树立起来。一个人要想获得别人的尊重，那他首先得学会尊重别人；凡事只想着自己，不管别人好恶的人，肯定不会受到别人的尊重与欢迎。只有心灵纯洁，讲文明的人，生活才会充实甜蜜。

明白了这个道理后，我们就要身体力行，按照文明规范来约束自己。那种只要求别人却不要求自己的想法不可取，一百个人中就算九十九个人都做好了，但只要有一个人反其道而行之，那社会也不得安宁，这就是俗语说的：一粒老鼠屎，也会搞坏一锅粥。我们坚持不懈地去共同努力，崭新的社会伦理道德风貌必将会出现。

谈谈修养

有一次我晚饭后出门散步，忽然听到横街处传出吵闹声，原来是有两人正站在家门外街边对骂，污言秽语，脸红脖子粗，周围一群人看热闹，不时哄堂大笑。

这似乎是司空见惯的事。有些人脾气火爆，纵然不像上面的两位那样在大庭广众中旁若无人地骂街，但当工作碰到不顺心或听到一点批评时，便马上暴跳如雷，表现出老虎屁股摸不得的架势。这种火爆的脾气往往和心胸狭隘气量短小有关，对别人看来不足挂齿的小事，容易产生愤懑之情，形之于外，就成了糟糕的脾气。

也许有人会说，脾气是天生的，很难改变，所谓"江山易改，本性难移"。其实并非如此，脾气也是与一个人的文明素质和道德修养有关的。如果说一个人的世界观、人生观和价值观都能改变的话，那么脾气又怎么不能改变呢？脾气的好坏不仅仅是个人自身的问题，也会影响到周围的人和事。尤其对于负责人，这种影响还将更大。乱发脾气，不但对自己身体不好，还容易招致误会，甚至引人走入歧途，给事业造成损失。反之，脾气好的人，待人处世一般能头脑清醒冷静客观，不致迷失方向。所谓"忍所不能忍，容所不能容，唯识量过人者能之"，也指出了要做到这一点，就要能对文明道德修养的重要性有深刻认识，有内在的自觉性。另一方面，良好的修养，也会开阔一个人的心胸和眼界，更有助于事业的成功，如毛泽东同志所说："牢骚太盛防肠断，风物长宜放眼量。"

坏脾气往往出自修养不足，而修养不足，又往往是嫉妒和贪婪的结果。嫉妒潜藏心底，犹如毒蛇潜伏在洞中，终将给自己带来生活的悲剧。为了同嫉妒这个恶魔作斗争，就需要一方面提高警觉，加强自省；另一方面，则要着意培养宽宏大度的品格。心胸开阔，对人热诚豪爽，处事不患得患失，进而做到克己为人，就仿如大海的航灯照亮了航船，也能少些恼人的矛盾纷争，促进社会和谐。

由此，也使我想到大力宣传实施《深圳市民行为道德规范》的必要。在《深圳市民行为道德规范》中，有针对性地向人们提出了这样的要求："胸怀开阔，广交朋友""严于律己，宽以待人""不妒贤嫉能，不恃强凌弱"。这些都充分体现出我们每个人为人所应有的品格和胸襟。正如一句歌词所说："只要你活得比我好。"只要人们都怀有这样的一种心怀，整个社会文明必将不断放出光彩。

诚信——立身处世营商之本

    诚信乃做人立身处世的基本准则，也是关系到小到一个家庭，大到一座城市、一个地区乃至国家民族事业盛衰的大事。因此，诚信在古今中外都备受重视。在我国，从孔夫子所说的"人而无信，不知其可也。大车无輗，小车无軏，其何以行之哉"开始，历代对此都有大量深刻的论述，例如《礼记·中庸》认为："诚者天之道也；诚之者，人之道也"；"君子诚之为贵"。否则就像《吕氏春秋·贵信》那样："天行不信，不能成岁；地行不信，草木不大……君臣不信，则百姓诽谤，社稷不宁。"因此，《潜夫论》认为："忠信谨慎，此德义之基也；虚无诡谲，此乱道之根也。"程颐认为："人无忠信，不可立于世。"

诚信的反面是欺诈，为世人深恶痛绝。欺诈是恶行的掩饰、美德的蠹虫，让美好的承诺和理想成为虚伪的笑话。生命不可能从欺诈谎言中开出灿烂的鲜花。欺诈成性的人，必将众叛亲离，事业受阻，成为孤家寡人而受到良心谴责。而诚实能使人得到信任和器重，能给人以力量和信心，因此诚信就成为成功的基石。事业有成，家庭幸福，都必须从诚信开始。否则，即使侥幸一时，也如沙上建楼，根本不牢，纵有成果也难长久。

对于社会经济，诚信也有着重要的作用。社会主义市场经济是法治经济，也是诚信经济。市场经济自由度较高，如果没有强有力的法治去维系，就会运作不灵，造成流通瘫痪。而徒法不能以自行，也需要以诚信做基础。曾经有过这样的例子，有一些企业在市场开放初期，为了谋求利润，"钱"字当头，诚信尽失，急于降低成本抢占市场而不顾产品质量，虽然一时销售量上涨，繁花似锦，甚至带动了所在地区、城市的繁荣，却做坏了品牌，使后来的消费者对其产品避之唯恐不及，企业连接亏损，濒临崩溃，甚至影响到城市的发展。幸好也有一些企业被事实教育，认识到诚信的重要和靠欺诈发展的危害性，痛定思痛，从诚信营商入手，重新起步狠抓产品质量，经过不懈努力，扭转局面，迈上了新的台阶，也使城市的发展步入良性轨道。这有力地显示出诚信对于一个企业，一座城市和一个地区的发展存亡的重大现实意义，是很值得大家深思不忘的。

建设现代化的文明的国际大都市，离不开诚信。为此，我们必须深入持久地在各部门各单位、各街道社区和各行各业中，大力开展诚信教育，运用研讨会，开讲座，办学习班，结合报刊广播电视以及诚信文化活动等形式进行宣传，务求做到深入人心，家喻户晓，并自觉落实到行动中。

与此同时，还要加大监察纠风力度。思想教育引导固然重要，但除此之外还需其他方面的配合。比如适当制定一些惩处违反诚信原则，从事欺诈活动行为的条例规定也是必不可少的，这样可使人有章可循，纠风有依。经过各方面的紧密配合，积极工作，坚持不懈，假以时日，让广大民众养成习惯，诚信之风便将越吹越强劲，社会也将迎来更加明朗美好的明天。

凑趣酒话

我爱喝酒，但酒量不大，如明代袁宏道在《觞政》中所说："余饮不能一蕉叶（古代酒具，量很小），每闻垆声，辄踊跃。遇酒客与留连，饮不竟夜不休。"少年时爷爷叔伯们吃饭时都喜欢喝酒，偶能目睹其醉态，对酒不甚以为然，直到 1959 年读了高中，学校组织学生下乡支农，到田地里去干活，我才有机会和同学到附近的酒铺买酒喝，那是我头一回与酒接触。当时是困难时期，广东市面上卖的酒全是用番薯酿制的，入口带苦味，更让我觉得酒就是这么一回事，并不好喝。

1965 年我从中山大学毕业，分配到北京一个中央机关工作，生活条件变好，阅历经验增加，视野也开阔了，特别是参加各种社会活动的机会更多了，让我对酒有了更多了解。不过直到亲自去了贵州省茅台镇，才使我真正见识到中国首屈一指的名酒特殊的色香味，而沉醉于其中。

那是在 1974 年我调到人民文学出版社工作的时候，为了配合庆祝我党领导指挥进行的二万五千里长征伟大胜利 40 周年，社领导要求编辑部派出编辑人员到当年中央红军长征沿线经过的重要地方，组织采访和写作力量编辑出版一部反映当地现今新貌又有点分量的报告文学作品。组织上把这项任务派给我，我便有机会去贵州茅台酒厂采访考察。当年中央红军长征经过茅台镇，在这儿逗留了大半天，指战员不但喝过这里的酒，还曾把这酒当药来医治伤口。

考察期间，我走遍该厂的发酵酿造车间和贮藏酒的地窖库等地方，经过酿酒技术人员的介绍，我了解了茅台酒从发酵酿造到贮藏出厂上市的整个流程。工作之余，我也品尝了不少美酒，学到了一些品酒的方法和技巧，从此开始喜欢浅斟慢饮，以好酒之人自命，一杯在手，顿感物我两忘，飘飘欲仙，所谓"试酌百情远，重觞忽忘天"了。

后来，我又被安排去参加对东北黑龙江省生产建设兵团的采访工作。兵团内部统一采用部队形式管理，各级领导职务都由部队调派，严格实行军事化管理，大部分都在离边境不远的地方。当年北大荒的大部分地方还未得到很好的开发，生活条件十分困难艰苦，特别在建设初期，文化娱乐生活简直为零。严酷的环境，催生了人们对酒的向往，出发前，我就了解到当地人甚为能喝，尤其是在酒席上，大有不喝醉对方决不罢休的架势。还有一套喝酒的规矩，比如主人起席敬酒时，客人必须随着一口把杯里的酒喝干，否则便不让坐下，若是三四人轮番敬酒，那些不能喝酒的客人就难受了，被灌醉也只能自认倒霉。后来我与两位同事在招待饭桌上，就遭到强令劝酒，还好我有准备，才侥幸躲过了被灌醉的失态局面。好酒如此，虽说是环境所限，热情可感，但未免失去了自然放松的心境，令人有过犹不及之叹。

　　这就要说到醉酒。有人好酒，酒量大且喝得猛，认为那才够味，还以孔夫子"唯酒无量，不及乱"自诩。但喝到酒酣耳热之时，说的话怕就不好作准。古往今来，上到帝王将相，下到平民百姓，醉酒者所在多有，具体情况各有不同，最后结局也相差巨大。汉高祖还乡，酒醉之时，击筑而歌："大风起兮云飞扬，威加海内兮归故乡，安得猛士兮守四方。"父老为之落泪，自是感慨遥深。王羲之兰亭集会，乘醉用笔写成二十八行、三百二十四字的《兰亭集序》，笔法变化无穷，随类赋形，各尽其态，终成名作。王维醉后苦吟，曾堕入醋瓮，尽管狼狈，尚属佳话。李太白沉香亭畔醉草《清平调》，令高力士磨墨脱靴，虽因此贬谪，亦不减风流。可三国时张飞醉酒鞭打士卒，因此受害，就使人不得不痛惜于饮酒误事了。明代徐渭，蹭蹬不遇，命途多舛，他曾有一首直抒胸臆的《醉人》诗："不去奔波办过年，终朝酩酊步颠连。几声街爆轰难醒，那怕人来索酒钱。"更是曲尽借酒浇愁之态。

说来道去，饮酒可以怡情，醉酒终非好事。喝得醉醺醺的，或面红如关公，甚至发紫，倏尔变白，又泛青色，令人见之生畏，欲叫救护车；或言语混乱，不顾场合，异常尴尬，所谓酒后乱性，醒了后悔不迭；或使酒骂座，呕吐狼藉，大打出手，聚会不欢而散，甚至造成治安事件。最倒霉的是这些醉鬼的亲人朋友，不但要为他们收拾烂摊子，若是身小力弱比如小孩子，往往还会被其暴力相向。我小时候家乡就有这么个人物，酗酒无度，喝醉了就乱砸东西，甚至追打小孩，有一次不管孩子哭闹，竟然把他抛到水塘里。幸好孩子被人救起，不然就是命案。恶名远播到村里大人都用他吓小孩：再不听话，某酒鬼就来把你扔水里啦！

　　还有一些人，醉了倒是安安静静，不吵不闹，只是常常就地一躺，睡了起来。这要是在自家床上，倒也无妨，但若是不顾场地，比如躺在大街上，车来车往的就十分危险。我有个远房兄弟就干过这事，幸好有人告诉我，我赶紧过去，只见他伸开两腿，伸直双臂，大字形地躺在街边，正呼呼大睡，路人纷纷侧目，我只能向旁边店家借辆三轮车把他拉回去。丢人现眼还是小事，万一酿成交通事故，就不只是一个家庭的悲剧了。后来我说他，他还挺不服气，道是这样的人又不只他，村里还有好几个呢。听后我感触良多，个人习性系于风俗，移风易俗，就需要有好的乡规民约，发动全体力量共同监督，严格执行，才会取得成效。

而提到饮酒之俗，又使我想起好酒生涯中一次难忘的经历。我从人民文学出版社转调到一个国家研究部门，为党和国家有关机构制定各种政策做调查考察研究的工作。一次我与同事到一个少数民族自治州调研，为制定一项有关少数民族的政策做前期的资料准备。这里有些村寨有个习俗，招待贵客时，要用刚出生不久的小鼠泡制的酒。如果客人拒绝饮用，主人就会很不高兴。当地接待单位的陪同人员说过这事，但我不以为意，觉得是个玩笑罢了，结果谈完工作后吃饭时，主人果真捧出一大瓶用小乳鼠泡制的白酒放在饭桌上。我顿感尴尬，心中忐忑，但为了工作和大局，只好硬着头皮喝了两口，最终不敌心理作用，还是借故出门吐了出来——还包括吃下去的饭。很多年后，我还对此念念不忘，再去打听，随着当地经济日渐发展，村寨不再闭塞，已经没有了这种礼数。可见，所谓习俗，也绝不是一成不变的。

到了20世纪80年代初，党和国家实行改革开放，决定在广东和福建两省沿海地区建立经济特区，我又被转调回家乡珠江三角洲，参与深圳经济特区的初创工作。环境艰苦，工作繁忙，但我还一直保持着独饮独酌小三盅，自得其乐的习惯。这样做对身体损害尚不甚严重，但对生活情趣却有大大的增加，颇能使人领略诗仙李白"举杯邀明月，对影成三人"之意，又如宋代诗人张抡的《菩萨蛮》所说："一盏此时疏，非痴即是愚""一盏此时迟，阴晴未可知""一盏此时休，高杯何以酬""一盏此时斟，都忘名利心"。这在好酒之人眼里，便属可取了。

三　辑

希望有更多"有音乐感的耳朵"

近两年我到深圳大剧院听音乐，只要是古典名曲，不论是外国著名乐队还是我国乐团演奏的，都会有这种情况：一些听众聚精会神欣赏着音乐的同时，却有人三三两两离场而去，甚至还有人睡着了。这是一件十分令人遗憾的事。

音乐是生活中一股清泉，是陶冶性情的熔炉，听音乐是人生的一件乐事。但要能进入快乐的境界，又必须具有欣赏的能力。马克思说得好："只有音乐才能激起人的音乐感；对于没有音乐感的耳朵说来，最美的音乐也毫无意义。"古典音乐之美举世公认，但对于缺乏音乐感的耳朵，也就如同对牛弹琴了。

美是一种形象，美感是欣赏美的形象时所产生的愉悦欢快的感情。美是客观的，但美感是主观的，是可以改变和培养的。马克思所强调的"有音乐感的耳朵"，就是要人们不断提高欣赏音乐的审美能力；而审美的极致便是产生共鸣，即审美对象表现的思想感情所引起的审美者与之相同的，甚至是水乳交融的情感，是一种极其强烈和深刻的美感。这种现象，也正是《文心雕龙·知音》所说的："慷慨者逆声而击节，酝藉者见密而高蹈，浮慧者观绮而跃心，爱奇者闻诡而惊听。"

由此可知，人作为审美者，要使其对社会外界与生活中的审美对象产生兴趣，进而在内心发出共鸣之情，其本身必须身心健康，有较高的文化修养和审美能力。欣赏的对象，应是欣赏者所能理解并喜爱的东西，这是前提。正因为有不少人对欧洲古典音乐缺乏理解，具有的又是"没有音乐感的耳朵"，也就无法感受其美，只好中途离场或睡觉了。

由此我想到，深圳经济特区是我国改革开放的窗口，也是中西文化交汇的前沿，要成为现代化的多功能的国际城市。为了达到这些要求和目标，深圳人的文化素质和审美能力也势必要达到相应的层次。大力提高深圳人的文化素质和审美能力同样是刻不容缓的。

但愿特区今后有更多"有音乐感的耳朵"。

深圳应重视城市雕塑

为了把深圳经济特区建设成为多功能的现代化国际性大都市，实现经济与社会的再飞跃，就必须大力提高特区人的思想文化素质，培养起高尚的道德情操和健康的审美情趣。这点获得不少人的共识。实现这一目标有多种途径，适当地在一些公共场合建造艺术品位高的雕塑，就是不可忽视的一种。

"美是造型艺术的最高法律"，雕塑这种造型艺术能给人较直观的感受，更容易使人受到美的感染。比如，当人们站在天安门广场人民英雄纪念碑下，欣赏基座四面的浮雕时，不仅在思想上受到革命传统教育，体会到社会主义新中国的来之不易，在审美上也受到那磅礴的气势、博大的构思和充满着力的神韵等崇高美的熏陶，从而引起心灵的震撼。又如维纳斯这个断臂女神的雕像，自 1820 年在希腊米洛斯岛上的一个山洞里被发现以来，一直感动着世界各国的人们，受到狂热赞美，并被各国人民看作是女性美的典范。可以说，立意崇高、造型完美的雕塑是不朽的艺术品，欣赏者除了得到美的享受外，还会受到思想的启迪，领悟到生命的跃动和人类自身的生机，从而在精神上达到一个更高的境界。

雕塑这种造型艺术与其他艺术一道建构起人类宝贵的精神财富大厦，体现着人类生生不息的原动力和无穷的创造力，亦是社会思潮、文明变迁的反映。雕塑艺术在欧洲特别受到推崇，很多欧洲国家都有在公共场所树立雕塑的传统，以对国人进行提高文化艺术素质、净化心灵和纯洁道德情操的教育。这是值得借鉴的。

与此相比，目前深圳的城市雕塑仍然太少，能备受瞩目且震撼心灵的作品就更不多见了。这是与深圳要建成多功能现代化的国际性大都市，要大力提高特区人的思想文化素质和培养特区人高尚的道德情操的目标不相适应的，也远远满足不了人们对艺术美的渴求。因此，创作高品位的雕塑艺术作品，并努力创造条件，使这些作品能广泛进入人们的视野之中，理当成为我市精神文明建设过程中的一件大事。今后如能采取切实措施使其有效施行，亦可谓功德无量矣。

不断探寻读书的真谛

古今中外，对于读书的种种论述，可谓是汗牛充栋，众说纷纭，有片言只语的浅论，也有条分缕析的专著。时至今日，仍有不少关于这个问题的文字见诸报章，堪称是经久不衰的话题了。尤其是所谓的"读书人"，更是对此津津乐道，特别乐于探讨其中深藏的各种故事。我也不例外。

我从小就喜爱读书，在我稚嫩的心灵中，一直对书怀有亲切感。但小学时身处农村，生活贫穷闭塞，想要读书，也只限于课本，为此，我把课本翻过来倒过去，里面的课文温习得滚瓜烂熟，年年在班里都考第一名。上了中学，情况也好不了多少，除了极个别学校之外，基本上都没有图书馆，自己也无法承担到书店购书的费用，读书还是只能局限于课本，只有上了大学，情况才得到根本的改变。

我自己是在 20 世纪 60 年代初考入中山大学中文系的。当时中大与清华、北大和复旦等 8 所综合性大学为直属国务院教育部的重点大学，学制 5 年，办学条件较为优越。入学第一天，系主任讲完话后，带着我们这些新生到教学楼参观系图书资料室，眼看着一排排书架上，十分整齐地摆满了古今中外各种文学艺术和其他社会科学的书籍时，我的双眼刹那放出光来，兴奋得犹如整颗心跳出了胸膛。有生以来，我第一次见到这么多图书；当听到每个人只要办好借书手续，便可把书拿回去阅读，这又是我过去连想都不敢想的事儿，更使我高兴得整晚翻来覆去都难以入睡。

中大图书馆，是我国有名的大学图书馆，不仅藏书量大，而且种类丰富齐全。许多珍贵的资料，在外面不容易找到，但在这里却有存留。从此，我除了用心聆听老师在课堂上讲课外，其他时间都如饥似渴地埋头阅读借来的书籍。每天吃过晚饭，与同学一起稍事散步后，便又赶忙背起书包，到校图书馆阅览室静心读书学习，并记录下读后的心得。在中大这5年的求学岁月里，我有机会接触并细读了一些文学艺术和美学的书，以及少量哲学和社会科学的著作，其中部分还是中外名著。例如文学艺术方面的《史记》《文心雕龙》《诗经》，唐诗宋词和《三国演义》等四大古典长篇小说，《牡丹亭》等四大古典戏剧集；美学方面黑格尔的《美学》和朱光潜的西方美学史；还有哲学中的毛泽东的《实践论》和《矛盾论》。众多的书籍大大丰富了我的头脑，使我在学养和思想上也得到很大提高。

更值得着重一提的是，在此期间，我反复深入研读了马克思和恩格斯两人共同撰写发表的《共产党宣言》这一有关共产主义的伟大文献，我的心灵完全被其中的思想观念和斗争精神所带来的强大感召力深深震动，并全心全意地接受了其中的理念，在24岁毕业后的第一年便入了党。时至今日，我始终不忘潜心读《共产党宣言》和入党时宣誓的初心，为党为革命和社会主义事业而奋斗终身。

从中大毕业后，我被挑选分配到中共中央党校政策研究室工作，又有幸较系统地学习了马克思列宁主义的主要经典著作，如马克思恩格斯的《自然辩证法》《哲学的贫困》《反杜林论》《资本论（第一卷）》《德意志意识形态》《法兰西内战》《家庭、私有制和国家的起源》《社会主义从空想到科学的发展》和《〈政治经济学批判〉序言》等；列宁的《马克思主义的三个来源和三个组成部分》《哲学笔记》《国家与革命》《共产主义运动中的"左派"幼稚病》《无产阶级革命和叛徒考茨基》和斯大林的《论辩证唯物主义与历史唯物主义》《苏联社会主义经济问题》等。与此同时，我也用心攻读了《毛泽东选集》1至4卷，特别又一次重新研读了《实践论》和《矛盾论》，以及当时在报上公开发表的《论十大关系》。

尤为难得的是，当时中央党校校委会规定，凡本校年轻干部完成工作任务后，如个人有兴趣和要求，可去旁听党内理论名家的学术讲座。如此一来，可以帮助自己对马列主义和毛泽东思想整个内容有基本的了解掌握，也加深了对精髓核心的理解体会，对个人的思想文化收益确实是很大的。

在中央党校工作学习的这段日子里，我除了严格要求自己努力完成工作任务外，一般不去参加那些不必要的活动，朋友间的交往也是能推就推，实在推不掉时，就简单地应付一下。不管白天还是夜晚，都静静地躲在自己的单身宿舍里，把整个身心放在读书这件事儿上。

古代读书人为了刻苦自学，疲倦时就把头发用绳子扎好悬于屋梁上，或用锥子刺大腿，坚持读书不停。这就是所谓"悬梁刺股"的故事，见诸《战国策》和《太平御览》等文献。随着时代进步，如今各种条件自是与古代大不相同，但这种不怕苦累，坚持学习读书的精神却是相通的。

求学读书虽然艰苦，但心情始终是快乐的，在读书学习过程中，我遇到困难便虚心求教先辈学者来解决，长久的困难问题一旦获得解决，更是会如孩子般兴奋得蹦跳起来。苦思冥想后忽如电光一闪般突然豁亮了，还有什么比这更高兴呢，再说这也是为自己往后的人生打好思想和知识的基础，是大有裨益之事。

后来，我被转调到人民文学出版社工作。在这个专门组织出版文学艺术方面书籍的出版机构学习和生活，无疑又为自己在文学艺术方面的素养和审美等方面打开了一扇新大门。工作之余，我利用休息时间和节假日，埋头阅读了大量古今中外的文学书籍，世界各国特别是西方从古希腊、古罗马时代直到近代，凡是有中译本的小说、诗歌和文论，尤其是一些名著，我基本上都阅读过，同时也大量阅读了我国文学发展历程中每个发展阶段的主要代表性作品，积累了较为丰富的世界文学知识，也明了世界文学的发展概况，知道了何种文学流派是主流主干，生生不息，而一些支流末节，纵使喧嚣一时，被一些所谓的大学名教授或文艺评论名家说得天花乱坠，追捧得上了天，暂时占领了文学的舆论阵地，但终究缺乏生命力，最终成不了气候，至今似乎已没了踪影。

　　看来，对文学艺术的评价，归根还是要以作品和广大受众的感受为本，这才是真正的颠扑不破的规律。所谓学而致用，这一点的确是该发扬光大的。

读书与人生

　　有些人可能对这题目心生反感，觉得自己很少读书，不是照样活得好好的，读书与人生又有什么瓜葛，乱弹琴！但明白读书好处的人肯定会赞同读书对人生的积极促进作用。人生经历不同，价值观各异，理想追求等等也千差万别，但古往今来凡是事业有成，对国家对民族做过贡献，到死时也不会为虚度年华而悔恨，不为碌碌无为而羞愧的人，都或多或少，或长或短地与书结下深厚的情缘。他们正是从无涯的书海里源源汲取永不枯竭的养分，再结合自己对社会对人生酸甜苦辣的种种实践体味，加以融合思索，以丰富自己的头脑。读书，可以说是真正的聪明睿智和力量的源泉。

作为 20 世纪 50 年代生人，诞生于中华人民共和国成立之后，我和我的同时代人对伟大祖国几千年发展演变历史的了解，对近代百余年来中华民族受尽世界殖民主义和帝国主义的侵略奴役的熟知，特别是对我们党在艰苦卓绝的环境下，领导革命人民前赴后继地进行不屈不挠的斗争，终于推翻了三座大山，建立起新中国等等重大的政治历史事件的深刻认识，无一不是从大量的历史文献、各种书籍和影视作品中获得的。正是长期在这种氛围的熏陶催发下，我们从中形成了正确健康的人生观，培育起坚强正直的品质和应有的道德情操，以及为人处世的豁达胸怀。书，对一个人来说，的确是无价之宝。

书，又是人间传递感情的工具。它不仅是语言文字的堆积，更重于情感的交流传播。人是富于感情的动物，在人生的列车上，命途多舛，变幻无常，喜怒哀乐无可避免。成功时的喜悦欢乐，失败后的懊悔哀伤经常出现。如何能保持一往无前的精神状态，从书中吸取丰富的养分，也许不失为一种好做法，所以一代文豪高尔基说："请爱好书本吧！它将使你的生活容易化，它将友爱地帮助你了解感情、思想、事变的各方面和复杂的混合。它将教你尊重别人和你自己。它将带着对于世界和人类的爱的感情，给予智慧和心灵以羽翼。"的确，好的书籍会使人从野蛮变文明，从贫瘠到丰富，从庸俗升华到崇高，使人与人之间的心灵相沟通。而一些人之所以走上违法乱纪的犯罪道路，破坏社会安定团结，其中一个重要原因就是他们从小不爱读书，没教养，终致愚昧无知，行为失当。这也从反面告诉我们，读书与人生究竟有什么关系了。

书，还是瞭望世界、领略人生的窗口，是人类进步的阶梯、人类知识的宝库，是无数信息的积聚和传播者，更是洞察周围现实生活的工具。随着人类社会的日益发展进步，人们对科学知识的需求更迫切了。科技是第一生产力，但科学技术要转化为社会生产力，得靠人去思考创造和掌握运用。经济建设、社会改造都必须以强有力的正确思想为指导，有先进的科学技术做支撑。特别是人活在世上，其中一个意义就在于探索未知，好去建设更美好的世界。然而达到这样的目的，除了自身注重在实践中总结积累外，从书海中去探寻也是一条重要的途径。所以古人说："立身以立学为先，立学以读书为本。"在研读的过程中，有一分辛劳就有一分收获，日积月累，从少到多，从旧到新，从胆怯到无畏，奇迹就可以创造出来。可以肯定，在科学崎岖小路的攀登上，没有侥幸的因素，只有那些脚踏实地锲而不舍的大无畏战士才有可能成为胜利者，在人生历程上写下灿烂的篇章。

虽然如此，也不能把读书这件事绝对化，"开卷有益"也只是从正面意义上说的。因为从古到今并不是所有书籍都是好的，对人有益的，那些胡编乱造，肆意宣扬凶杀、暴力、鬼神迷信和诲淫诲盗的低劣书籍，不仅毫无知识和精神价值可言，还容易成为青少年走上犯罪道路的催化剂。读这种书，虽然也与人生有关，却使人变得灰暗、道德沦丧、终致毁灭，极不可取。说到底，我们所读的书应散发理性的光芒，充满真诚纯洁的品格，或蕴含丰富的知识，贯穿着真善美的力量。只有读这样的书，才能促使人们去努力获得事业成功、积极向上、多姿多彩的人生。

书山有路勤为径

　　一个人活在世上总要尽可能为社会做点有益的事。而要把事情做好，开创出新局面，就得运用头脑，丰富知识。为达到这样的目的，又离不开勤奋读书。所谓"书山有路勤为径，学海无涯苦作舟"就是这个道理。孙中山先生也曾坦言："我一生的嗜好，除了革命之外，只有好读书。我一天不读书，便不能生活。"

　　我从小爱读书，可以说书是我的第二生命，但小时候读书不得法，那时尤其喜读武侠小说，什么《方世玉》《血滴子》《白泰官大战五层楼》之类，完全是受好奇心支配。长大后，经过中学和大学的学习，在导师们的教诲下，我才慢慢懂得了读书虽说要博，但必须建立在专的基础上，更不应该把时间浪费在那些价值不大的书上。我国古代的学者就十分强调："君子之学，博于外而尤贵精于内。"纵使接触各种知识，但只有掌握了精髓才能很好运用。各行各业取得杰出成就的人或学问大师，无疑都继承了过去的文化科学知识，但他们吸收的是前人创造的文化科学的精华，而不是良莠并蓄。正是这些精华培育出他们的伟大。加之那时零花钱很少，要买本书真不容易，用省吃俭用节省下来的一点钱去书店买本书的时候，往往都打着十二分精神，选真正对自己用得上的书买。虽然后来生活条件改善了，但这种认识和习惯，我一直延续到今天。

于是几十年下来，我也积累了七大书柜的书，约有五六千册，包括马列著作、哲学、政法、史地、文化、经济、文学艺术和词典工具书等。如何有效地在这众多精神食粮中汲取养分，来充实头脑，滋润心田，我也动过一些脑筋。我深切体会到，一个人的记忆力是有限的，对过去读过的书，往往只留下一些印象，很难做到准确无误地记忆。一旦思考问题，要联系到别人的观点和论述加以分析比较，还得重新把书找出来再细看一遍。为了节省时间，我便把自己所拥有的这些书，分门别类分柜分层地放好。否则，几千册书杂乱地堆放在一起，找起来既费精力，又浪费时间，学习的效率也就要大打折扣了。

在读书过程中，我还深切体会到，哲学等理论著作看起来较费力，一本书，初看一遍时，只获得一些皮毛，有时需反复细看几遍才逐步弄懂其真义精髓。有些人也许就在这一点上望而却步，也不断有朋友开玩笑地对我说："你成天看那些理论书籍，吃力不讨好，又何苦呢？"但我却以为，这在自己的人生旅途上是值得的。正如习近平总书记指出："一个民族要走在时代前列，就一刻不能没有理论思维。"一个民族是由众多的单个人组成的，只有越来越多的人都掌握理论这个武器，社会精神才会真正从必然王国进入到自由王国的境界，国家也才会更加兴旺发达。理论虽然是从实践中总结出来的，但它又是实践的先导。改革开放要在更深入更广阔的领域进行下去，理论研究必须跃上新的台阶。

古人云："君子之学，必好问，问与学，相辅而行者也。非学，无以致疑；非问，无以广识。"我当努力自勉。

勤读精思

　　一个人要获得较丰富的知识学问，除了要善于在社会生产和生活实践中总结外，还需要坚持多读书。因为书是知识学问的源泉之一，犹如一座灯塔，照亮求知者的心灵，指引人们从狭隘、愚昧无知的地方，驶向无限广阔的知识海洋，成为命运的主人。我自己就常有这样的体验：每当沉迷于书斋，翻阅着一本本书籍时，便如同进入一个广阔的世界、一个浩瀚的太空而感到心旷神怡。

　　曾有几位年轻朋友问我："怎样才能从书籍中多学到一点东西？"我的体会是必须做到两条：一是贵在坚持，二是勤于思考。

古人云："玉不琢，不成器；人不学，不知道。"人的生命是有限的，而知识却是无限的。知识的源泉不会枯竭，不管人类在各个领域取得多么巨大的成就和进步，但前面还有更多的东西需要去探索、发掘和认识，如果有谁以为可在一夜之间就把所有知识学到手，那是不切实际的幻想。因此，读书贵在坚持，要持之以恒，日积月累，从少到多，由浅入深。那种凭一时的心血来潮，三天打鱼，两天晒网，是注定少有所得的。

记得 20 世纪 70 年代初在"五七"干校时，我和不少人一样，由于受到当时"知识无用论"错误思潮的影响，每天只埋头干活，把读书学习视作可有可无的东西，特别是把学外语这类事丢到角落去。如此两年后，原先所掌握的那点英语已忘得七七八八。但有位同事却不然。他不管别人怎么说，每天坚持读书，尤其起早摸黑读外语。结果，他的外语日渐纯熟自如，后来在我国外贸领域里工作得很出色。说实在的，当年在这一点上，这位同事比我清醒高明。从此我在惭愧中认真总结教训，不管工作怎样忙，都要挤出一点时间读书学习。果然，十多年下来，经过不断的积累，我所掌握的各方面知识比以前大大丰富了，学问也深透得多了，更加体会到古代学者所云："学而时习之，不亦说乎""少而好学，如日出之阳。壮而好学，如日中之光。老而好学，如炳烛之明"的真谛。

其次，读书不用脑，犹如水过鸭背，白浪费时间。须知，有教养有知识的头脑的重要标志之一就是善于思考。思考，是智慧花蕾有待开放的催化剂，是打开学问宝库的钥匙。反之，读书而不思考，等于吃饭而不消化。只有把读与思紧密有机地结合起来，才能使头脑活起来，做到融会贯通，由此及彼，由表及里，才能真正掌握某个方面的知识，并将之运用推广到别的领域上去，取得新成效。所以大科学家爱因斯坦说："学习知识要善于思考、思考，再思考，我就是靠这个学习方法成为科学家的。"我国的大文学家和史学家郭沫若也说过："人是活的，书是死的。活人读死书，可以把书读活。死书读活人，可以把人读死。"

据我理解，这话的主旨也是要求人们读书时要用脑，勤思考，不应生吞活剥或照本宣科，人云亦云，以避免适得其反。

总而言之，读书就应该做到勤读精思，循序渐进，经久不辍，这样才有助于走向成功的坦途。

读史有感

　　近日读史书《三国志》，其内容十分丰富，心灵每每为之触动，思想常常受到启迪，可谓受益良多。比如，书中说到曹操与陈琳两人的关系，就很值得当下的人们深思。

　　据《三国志·魏书》记载，陈琳原在袁绍门下"使典文章"，奉命写过一篇讨伐曹操的檄文。在这篇檄文里，他不仅淋漓尽致地历数了曹操的罪状，如说他"膘狡锋协，好乱乐祸"，"承资跋扈，肆行凶忒，割剥元元，残贤害善"；又"卑侮王室，败法乱纪"，"污国虐民，毒施人鬼"，而且对其人身也加以尖刻的攻击，什么"赘阉遗丑，本无懿德"，"豺狼野心，潜包祸谋"之类。这还不止，对曹操祖、父两代也不放过，把早已入土的死人也骂了个狗血淋头，就只差没把其祖坟挖掉，实行鞭尸。但后来袁绍被曹操打败，陈琳也成了俘虏，归附了曹操。按照一些人的想法，这下子曹操可得好好报复一下了。但曹操只当面对陈琳说了这样一句："卿昔为本初移书，但可罪状孤而已，恶恶止其身，何乃上及父祖邪？"不但不加治罪，反而给陈琳封了官，后还对他"数加厚赐"。在这件事上，我有如下三点体会。

第一，这说明曹操是有一定自知之明的。他意识到自己身上的确有某些弱点和缺陷，有些做法也不一定正确，所以虽然陈琳在檄文中历数他的罪状，不乏言过其实之处，但他并不感到嫌恶，反而以为"可罪状孤"。一个人能真正做到这一点不容易。俗语说：金无足赤，人无完人。但对于一些人来说，这挂在嘴边说说可以，要真正在行动上落实到自己身上又是另一回事了。某些人之所以听不得下级和群众批评，只怕思想根源也在于此，可见一个人能时刻正确对待自己多么重要。

第二，这表现出曹操并不因自己掌握着生杀大权就随意报复。彼时天下大乱，像曹操当时拥有"挟天子以令诸侯"那样巨大的权力，要打击陈琳真是易如反掌，一点也无须顾忌。即使如此，他也没有动杀机，这就值得人们认真思索。而我们有些负责人，手中掌握一定权力，对下级和群众的批评却总是想要报复，殊不知这种权力是党和人民群众赋予的，这同旧时代是有本质不同的。所以如果利用手中的权力反过来打击赋予这种权力的人民群众，那就完全颠倒了主从的关系，甚至连曹操这样的封建统治者都不如了。

第三，这件事还显示出曹操这个封建时代的政治家能容人的胸襟。正因如此，他的周围才能集合一大批有才华、有真本领的文臣武将，不断强大，实力超过刘备和孙权。这一点也很重要，如果作为领导却对下属和群众的批评老是耿耿于怀，斤斤计较，打击报复，那终将落个孤家寡人的下场，什么事情也干不成。对于我们这个时代也可为借鉴，因为这种容不得不同意见，甚至老虎屁股摸不得的狭隘胸怀，是与无产阶级那种"只有解放全人类最后才能解放自己"的伟大抱负格格不入的。作为各级领导，要能带领广大人民群众为实现全面建成社会主义现代化强国的目标而奋斗，本身就得有大的气度，不然会事与愿违，好心也会办坏事。

也许还有人会说，曹操不杀陈琳，主要是因为他爱才。这固然是一个因素，但如果没有前面说过的三条，仅有爱才之心也是很难办到的。

历史值得借鉴，好的经验更应发扬，前事不忘后事之师，党和人民的事业才能更加兴旺发达。

从《贞观政要》一书说开去

　　《贞观政要》是唐代史臣吴兢编撰的一部政论性的历史文献，是对唐太宗李世民"贞观之治"历史经验的系统总结和全面介绍。这本书给读者的思想启迪是丰富多面的，只要联系实际，认真深思，就会获得不少的教益。

　　大唐开国初期，能较快地从连年征战、硝烟弥漫、民不聊生的一片废墟中走出来，实现了万民安居乐业，出现了在我国漫长封建社会中也堪称难得的"贞观之治"，主要是由于当时的唐王朝实行了一条安定团结、集中力量恢复经济的路线，大得民心，也消除了敌对势力的反叛压力，做到全国安定，上下齐心，把一切可以团结的力量都团结起来。虽然历史不能比附于现实，但探究贞观之治的成功之道，对于我们今天的建设事业，未必不能从中得到借鉴和启发。

不论是治国安邦还是搞经济建设，仅靠个人的智慧和力量是不够的，必须要广开言路，集思广益。而要做到这一点，又要处理好上下级、主次之间的关系。作为各级各单位的主要负责人，应该虚怀若谷，从谏如流，广泛听取、接受下属和助手的意见，切忌独断专行，否则事事难成。《贞观政要》一书体现出李世民与其众多下属群僚的亲密关系，他们能够随时随地轻松研讨各种政治经济、法纪等问题，从而制定出切实可行的治国方略，才成就了不朽的伟业，这是历史的真实写照。特别是贞观七年（633），唐太宗当着群臣的面，对魏徵说的一段话，的确感人至深。

玉虽有美质，在于石间，不值良工琢磨，与瓦砾不别。若遇良工，即为万代之宝。朕虽无美质，为公所切磋，劳公约朕以仁义，弘朕以道德，使朕功业至此，公亦足为良工尔。

这段话翻译成现代汉语就是：

玉，虽有美好的本质，当它还在石头中间，没有碰上技艺高超的玉工琢磨时，与瓦块碎石没有什么分别。倘若碰上技艺高超的玉工，立刻就会成为历代流传的无价之宝。我虽然没有玉的美好本质，供你雕刻磨制，但劳你拿仁义来要求我，以道德来光大我，使我的功业达到今天这种程度，你也足以称为技艺高超的玉工了。

试想，如果李世民本人对此没有深刻认识，又缺少这种思想品格的话，那么即使魏徵等臣子多么刚直不阿，敢于直言谏上，提出的治国方略再多再好也无济于事。可见，这第一把手的态度的确是关键。如果是那种唯我独尊、听不得半点不同意见的人，那他们往往在公开场合说得好听，实际做的却是另一套，一句话，老虎屁股摸不得。这样的人如此继续下去，事业必大受其害。那些问题成堆的单位和企业就是例证。这些人与距今千余年前的唐太宗相比，实在相差太远了。

魏徵死后，李世民把他比为人镜，说："夫以铜为镜，可以正衣冠；以古为镜，可以知兴替；以人为镜，可以明得失；朕常保此三镜，以防己过，今魏徵殂逝，遂亡一镜矣。"作为位极至尊拥有绝对权力的大国之君，却有自知之明，能取别人之所长，以补自己之所短，的确是值得借鉴的。

唐代的中国，是当时世界上最强大的国家之一。以李世民为主宰的唐初统治者没有因强大而故步自封，闭关锁国，能够对外开放，面向世界，为唐代奠定了一个开放的传统。唐代对外交流全面广泛，成效显著，如丝绸之路的繁荣发展、海陆并行，《唐律疏议》之体大思精而为后世及周边国家所效法，玄奘之天竺求法，鉴真之东渡扶桑，等等，既促进唐朝文化和社会的发展，也促进了其他国家的发展。以古鉴今，加强与世界各国的联系交往，发展睦邻友好关系，也有利于自身社会生产力发展、人民生活水平提高和国家繁荣富强。作为今人，亦当以此自励，常葆开放心态，投身于中华民族伟大复兴和建设社会主义强国的历史洪流之中。

美之修养与道德情操

　　俄国美学家别林斯基有一句名言：一切美的事物只能包括在活生生的现实里。不过，生活在美的世界里是一回事，通过对美的欣赏，不断培育起美的修养，进而净化心灵，纯洁道德情操，又是另一回事。

　　美的享受，可以令人愉悦、欢快，也可以纯净人的灵魂，给人以鼓舞。因为美可以其迂回曲折的方式吸引、影响人，特别是当欣赏者的心灵与之相通时，就更能准确有力地打动人的心灵深处，有助于陶冶性情，培养高尚的道德情操。人之所以要接受美，就在于人要按照美的规律来塑造事物。对美的修养的高低多寡，在相当程度上决定着一个人品德的好坏，情操的优劣，以及生活格调的雅俗。

　　具有美的修养的人，往往眼光高远，行事超然，有不同流俗的判断力和辨析力，在言行举止或衣着用品方面，都显得高雅不俗气，一般也不斤斤计较得失恩怨，较容易抱有更高贵的人生理想，能够感受到更美好的宇宙万物活泼的生机。比如音乐美能诱人抒发情感，宣泄苦闷，解除寂寞，表达欢乐与和谐，使生活不致流于低俗和枯燥。人的情感有了寄托，就不容易被苦闷与焦虑所压倒，对生活中的压力也会产生缓解与平衡的作用，减少精神上的病因和行动上的乖谬和暴戾。而当人对美好事物有欣赏之情的时候，也容易感受到生活美好，乐于与社会环境融洽相处。

　　我有一位朋友，高中毕业后在家务农。前几年经人介绍来特区搞装饰。初来时对现代都市的文明很不适应，衣着邋遢，随地吐痰，乱扔果皮杂物，言语也较粗俗；下班后沉迷于打麻将，别的全不感兴趣。后来，我特意推荐他看有关美育的书籍，并带他去听听音乐，看看画展，逛逛公园。几年下来，他的气质、情操和生活爱好，便起了很大的变化，简直像换了一个人。具有美的修养的人，比一般人会有更多的美的享受，有助于提高思想的格调，把生活装点得更有意义。古人云"腹有诗书气自华"，就是这个道理。

物质上不满足、无止境的追求，往往会带来道德的沉沦，从根本上是对个人价值的否定。虽然现实中的生存是必要的，但仍要具有一个高尚的精神境界，才是成功的人生，才不致产生整天忙碌地追逐着一个不可企及的幻影而无暇反顾自己的愚昧。而要达至这精神上的高尚境界，我以为美的修养是不可缺少的。

内外一致才算美

爱美是人之天性。美，既包含外在美，也包含内在美。每个人不仅要美化外貌，也要净化心灵。心境保持健康，情绪平和，气度大方，言行得体，再透过眼神、微笑及善意的态度，配合外表适度的装扮，才称得上真美。

在日常生活中，常常听到一些年轻人，特别是女孩子，埋怨父母没给他们漂亮的脸蛋和好身材。其实，造物者始终是公平的，既没有创造完全的美人，也没有创造完全的丑人。每个人都有属于自己的特点，这些特点都可以发展成美的焦点。人的形态美是自然美的一种，影响人体形态美的基本要素是多方面的。

首先，要比例匀称合度，健康和谐即为美，而不应矫揉造作，如时下不少人为了瘦而盲目减肥。有人一味赶时髦，认为新潮服装是美的。但每个人的长相不同，气质有别，因此，美容、化妆、穿衣都要配合自己的身材、脸型、肤色，做到恰到好处，突出自己的特点，才能显露出真正的美来。缺乏个性是不可取的，因为这样易于被流行所淹没；而流行只有经过消化、过滤，加以创造，才能真正地属于你。不是每个人穿上不管哪种新潮服装都显得美，有时还会适得其反。这就需要有这方面的审美和搭配技巧了。比如，从配色上看，深色给人面积小和凹的感觉，而浅色造成面积放大与凸的效果。所以，身材瘦小的人最好避免过多或过重的色彩，要穿得浅一点，亮一点，不致显得瘦骨嶙峋；身材矮胖则最好采用同一色系，避免上下两截，切忌过于蓬松。再进一步，着装搭配也要适应个人性情。害羞内向型的人不宜过于新潮、豪放的打扮；外向爱动的人，也不宜做出弱不禁风的样子。不然会给人不自然的感觉。若能抓住自己的“型”，就会散发出和谐之美。此外，着装也应该考虑到是否得体，是否有助于达到自己的目的而非适得其反。美国一位著名衣着专家曾对那些富有进取心的职业女性提出这样的忠告：一定要按照你想留给别人的印象着装，不要做办公室里迎合流行款式的人，也不要穿过于突出性别特征的衣服上班，否则上司和同事就不会注重你的专业能力了。追求时髦，过于修饰，对于想要强调其专业性的人来说，就是不得体，弄巧成拙。穿着庄重大方，才会更好表现出专业化的美的形象。

其次，要与人内在的个性气质相吻合。活泼爽朗往往强壮结实，文静内向每每娇柔婉约，纵有反差，也应为凸显参差错落之致，而非陡然生大相径庭之感。如宋广平作梅花赋，铁石心肠偏有锦心绣口，为人称道；若母大虫学起林妹妹，就未免令人好笑了。再如妩媚这种神情美的魅力，是女性内在气质的一种自然流露，往往具有无比的亲和力，给人温暖的感受，使人乐于亲近，绝不是靠那种挤眉弄眼的外在的刻意追求可达到的，也不是外表的浓妆艳抹可以衬托的，而是与自信舒展、心境平和、开朗大方等内在气质连在一起的。如卢梭所言："真正的美，是美在它本身能显出奕奕的神采。"

最后，人体形态美不仅具有形式美的意义，而且与人的社会关系有密切的联系。爱美的追求不能止步于人体形态这种自然外在的形式。人是社会的产物，一般说来，人们努力使自己具有这种或那种外貌，总是反映着一种时代的社会关系。而影响制约这种形态变化的是其内在的思想、品质和生活格调，因此，人体美总是在形态中体现出某种内在的更为深刻的东西。如卢梭所说："只有在一个劳动者的粗布衣服下面，而不是在一个嬖幸者的穿戴之下，我们才能发现强有力的身躯。"在人与人的接触交往中，只有表里如一、内外交融的美，才会被别人接受、欣赏，发出会心的共鸣。徒有姿容而心灵苍白，就如同花瓶里插的鲜花，艳丽一时却不能长久。一次，我与几位朋友出去喝茶，有两位服务员，长相和打扮不分伯仲，都很美丽。但其中一位笑容可掬，问询我们的要求轻言细语，细心地给我们介绍茶叶的品种风味，当我们选定了一种茶后，很快便泡了一壶，一面灵巧地为我们斟茶，一面又微笑道："请品尝，看看我有没有介绍错。"态度亲切，谈吐自然。另一位就截然不同，回答我们的问题心不在焉，态度生硬，顿使客人反感，这就是内外美脱节的表现。就美而言，形态之美胜于容颜之美，动作优雅、举止适度、谈吐得体更能给人留下深刻的印象。而人的动作举止是由心灵性格决定的，这就是为什么说"如果美寄寓得当，它将使品德熠熠生辉"了。

美，要有自己的特点 [1]

随着生活水平的提高，加之受到外来思想的影响，深圳人的家居、穿着都赶新潮。自然，新潮属于创新，它本身并没有什么不好，一般说，新潮服装也是美的。但不是每个人穿上不管哪种新潮服装都显得美，有时还会适得其反。关键要看能否突出你自己美的特点。

每个人的长相不同，气质有别，因此，美容、化妆、穿衣都要配合自己的身材、脸型、肤色，做到恰到好处，才能显露出真正的美来。

先说配色，不管是脸部还是着装，都要掌握好色

---

[1] 以下四篇系作者20世纪90年代发表于报章，为保持时代特色，基本未对文本做改动。——编者注

彩的视觉效果。只有选配好颜色，才不致顾此失彼，使全身上下和谐一体。一般而言，深色给人面积小和凹的感觉，而浅色造成面积放大与凸的效果。所以，身材瘦小的人最好避免过多或过重的色彩，要穿得浅一点，亮一点，就不致显得瘦骨嶙峋了；矮胖的身材采用同一色系的色彩，避免上下两截的配色，同时裙子切忌过于蓬松。身材高挑的女性，可用同色系却不同花色来搭配。这样，才不会给人突兀难看的感觉。

再说着装，如果是天生娇小玲珑、害羞内向型的人，千万别学新潮、豪放型的打扮；反之，长得高挑、外向爱动、喜交际的人，如果把自己扮成弱不禁风的样子，那就会给人非常不自然的感受。其实，她若能抓住自己的"型"，创造一个活泼大方、潇洒秀气的形象，那她就会散发出和谐之美。至于那些富有进取心的职业女性，美国一位著名衣着专家曾对她们提出这样的忠告：一定要依你想给别人什么好的印象着装，不要做办公室里迎合流行款式的人，更不能穿性感的衣服上班，否则上司和同事就不会注重你的专业能力了。这就是说，追求时髦，穿得花枝招展，对这些专业女性来说，就掩盖了其型，所以往往坏事，弄巧成拙。只有穿着庄重大方，才会更好表现出专业化的美的形象。

这些都启示我们，现代的女性追求美，务必要切合自己的特点，人云亦云地去模仿流行、缺乏个性是不可取的。因这样易于被流行所淹没；而流行只有经过消化、过滤，加以创造，才能真正地属于你。因此，在人们化妆穿衣打扮前，最好想清楚看明白自己的特点，定出自个儿的型，这实在是追求美感的首要步骤。

走出人体形态美的误区

前不久，我发现朋友的女儿变得清瘦柔弱了，她原先是丰满健美的。朋友告诉我，这主要是盲目减肥造成的。

是的，一个人，特别是青年女性，如果身体长得太胖，的确有碍健康，适当进行减肥是必要的。但时下有不少青年男女对人体形态美存在着误解，以为女性只有"身如柳，腰如蜂，指如葱"才是美。其实，人体美亦即人的形态美是自然美的一种，影响人体形态美的基本要素是多方面的。

一曰：比例匀称合度。美是建立在各部分之间神圣的比例关系上，凡是美的都应是匀称和谐，比例合度的，增之一分则太长，减之一分则太短。我们既不排除那种娇小玲珑、柔弱型的女性美，也应肯定健硕丰满型的女性美。一位青年女性即使长得丰腴一些，但只要五官端正，头、脖子、四肢和上下体匀称和谐，也会给人一种健康的美感，用不着人为地去折腾改变。这一点，从外国特别是欧洲众多的人体雕塑和我国敦煌莫高窟大量描绘美女的壁画以及当今国际性的各种选美活动中，便可得到证明。我国古代四大美人之一的杨贵妃不也是丰满型的吗？

二曰：人体形态美必须要与其内在的个性气质相吻合。一个人如果活泼好动，性格爽朗大方，再配之以强壮结实的体型，就必定能呈现出一种青春的美，一种充满活力的美。与此相反，文静内向的人，配之以娇柔的躯体，就会透出一种婉约之美。反之，如果一个人具有娴静似娇花照水，行动如弱柳扶风的气质，而体型却十分肥硕臃肿，那就很难协调并给人以美感了。大美学家卢梭说得好："只有在一个劳动者的粗布衣服下面，而不是在一个嬖幸者的穿戴之下，我们才能发现强有力的身躯。"由此可知，真正的美绝对容纳不了丝毫的矫情。一般而言，女性的形态美在于活泼而不失端庄，稳重而不呆板，开朗而不轻浮，妩媚而不冶艳招摇，散发着优雅大方潇洒自然的韵味。

三曰：人体形态美不仅具有形式美的意义，而且与社会关系有密切的联系，特别是在社会发生迅速变化的情况下，人的形态也相应地发生变化。"一般说来，人们努力使自己具有这种或那种外貌，总是反映着一种时代的社会关系。"而影响制约这种形态变化的是其内在的思想、品质和生活格调，因为人体美总是在形态中体现出某种内在的更为深刻的东西。就美而言，形态之美胜于容颜之美，动作优雅、举止适度、谈吐得体更能给人留下深刻的印象。而人的动作举止是由心灵性格决定的，这就是为什么说"如果美寄寓得当，它将使品德熠熠生辉"了。

因此，不妨提这样一点建议：当你尽力要改变自己的形体时，不可陷入盲目性，而应考虑与自己的天

然条件特别是个性气质相吻合，不然，就可能出现适
得其反的结果。

妩媚——女性神情美的魅力

一天晚上，我与两位朋友看电视。当看到香港一位知名影视红星的表演时，一位朋友竟情不自禁地叫了起来：能与这种女性接触交友，实在太棒了！因为她不仅外貌端庄美丽，而且不时散发出女性妩媚的魅力。

是的，妩媚是女性神情美的一种魅力。它表现在一举一动、一颦一笑间。例如与人交往中欲言又止的态度，含羞怯怯的表情，生小气时的半嗔半怒以及相视之间的会心微笑，等等。这种神情美往往具有无比的亲和力，给人温暖的感受，使人乐于亲近。一句话，妩媚的外表令人赏心悦目，使人心旷神怡。最典型的例子是欧洲文艺复兴时期意大利著名的画家达·芬奇根据真人蒙娜丽莎绘就的不朽肖像画。画中把蒙娜丽莎的秀美、妩媚的女性美的动人特征刻画得栩栩如生，有血有肉，直到今天，仍使世界各国千千万万人为之倾倒。这不仅是画家对人物的表情和心理进行了深刻的观察分析和艺术概括的结果，同时也显示出女性妩媚这种神情美所具有的真正魅力。

妩媚这种神情美的魅力，是女性内在气质的一种自然流露，从而带着一种淡淡的神秘色彩。它绝不是靠外在的刻意追求可达到的，也不是外表的浓妆艳抹可以衬托的，与那种挤眉弄眼、矫揉造作也是绝缘的。妩媚是与心境平和、开朗大方、温柔贤淑以及对外界事物充满爱心等内在气质连在一起的。试想，母夜叉式的泼妇能有妩媚的魅力吗？可见，凡是希望自己具有妩媚魅力的女性，都应从修身养性做起。在日常工作和生活中，尽量做到不急不躁，开阔自己的心胸，不为琐事所困，保持平静祥和的心境，凡事避免情绪化、神经过敏；同时，要热爱生活，要有自信心，要懂得观察别人，体会进退间的适当分寸，逐步培养起与别人沟通的能力。在此基础上，再注意配合外表的适度装扮和优雅的姿态，就会自然而然地表现出妩媚的魅力。

卢梭说过："真正的美，是美在它本身能显出奕奕的神采。"女性的妩媚也是这个道理。

女性美的重要一环

一次，我问一位中年未婚男性学者，他选择伴侣首要考虑的是什么。他不假思索地回答是温柔、体贴、善解人意。随后，我又向一位身为企业公司经理的朋友打听，知道他招聘公关小姐的第一条标准也是开朗大方、善解人意。可见，在人们的心目中，温柔、体贴、开朗、善解人意是女性美的重要一环。

生活在社会中的人，不分性别、年龄和职业，都希望得到别人的关心、理解、体贴和帮助。所谓"一个篱笆三个桩，一个好汉三个帮"；或人们常说的，在一个成功的男士背后总有一位贤内助，也就是这个道理。

反之，人们也会看到，有一些外貌漂亮的女性，对自己的爱人或朋友的事业和生活漠不关心，甚至当丈夫或同事从旁向她示意要做某事时，她却无动于衷，没有任何反应，更谈不上满足对方的要求了。这怎么能使别人产生好感呢？其实，这种不懂得体贴别人，也不善于理解对方的人，实际上是以自我为中心，她重视自己甚于别人，她所爱的就是自己。她们以为靠自己外貌的姣美，就可以傲视一切，得到一切，所以压根就没有想过要去理解、体贴、帮助别人。这就使得她们的外貌美变得黯然无光。

　　女性的温柔、体贴、善解人意这种美，虽有先天的成分，但更多的是后天培育的。它主要来自全然的了解和包容，需要高度的敏感，真心的关切和主动助人的精神。具有这种魅力的人在不经意之下，就能察觉对方的需要，能仔细了解对方的嗜好和生活习惯，懂得在对方事业上获得成功时恰当地去分享其快乐；一旦对方工作受到挫折时，又能适时地给予安慰和鼓励，还能掌握好在什么时候和什么情况下不该去打扰对方。概言之，她时时处处能使对方的心境平和舒畅，保持最佳状态。毋庸置疑，这种女性美是大家欢迎、称道的。

处身在当今改革开放的时代，生活节奏日益紧张，竞争也一天比一天激烈，但愿具有这种女性美的人越来越多。